행복을
함께하기를

글 · 사진 김은종

이담
Books

깨어 있어 행복하기

　사람이 이 세상에 태어난 이유는 무엇이며, 무엇을 위해 살아가는 것일까요? 잘 먹고 잘 사는 것도 중요하지만, 무엇보다 소중한 것은 성장하는 일이 아닐까 합니다. 어제보다 나은 오늘, 전생보다 나은 이생, 이생보다 나은 영원한 생을 꿈꾸기에 오늘도 내일도 살아가는 것이 아닌가 하는 것입니다. 그러기에 이러한 성장은 생명의 본능이라고 생각됩니다.

　가끔 이루어지는 먼 길 여행은 이러한 생명의 본능이라 할 수 있는 성장과 진급을 위한 어떤 계기가 되어 줍니다. 그것은 일상을 떠나 접하게 되는 낯설고 새로운 환경이 둔감해진 감각을 깨우고, 익숙한 사고방식으로부터 인식의 전환을 마련할 수 있는 소중한 계기를 만들어 주기 때문입니다. 그리고 여행은 하던 일을 멈추고 그동안 돌아보지 못했던 자신을 비춰 봄으로써 자신에게 불필요한 것들을 내려놓게 하고, 새로운 인연과 문화와 정보를 접하면서 세상과 인생에 대한 이해의 깊이와 폭을 넓혀 큰 나로 성장시켜 줍니다.

그렇다고 꼭 떠나야 할 필요는 없습니다. 깨어 있기만 하다면 언제든 일상생활 속에서 더 많이 경험하고, 더 깊이 인연을 맺고, 더 많은 지혜와 안목을 갖추며, 더 좋은 일을 하면서 성장을 위한 여정을 계속해 나갈 수 있기 때문입니다. 그러기 위해서는 일상을 그저 살아오던 익숙한 방식으로 바라볼 것이 아니라, 삶의 진실에 대한, 존재와 현상의 진면목에 대한 호기심과 절실한 의문을 가지고 살아갈 필요가 있습니다. 깨어 있어야 한다는 것입니다.

자신의 견해를 내려놓고, 열린 마음으로 의문을 가지고 살아가다 보면 일상생활 속의 모든 만남은 깨달음의 인연이 되어 줍니다. 사람과의 만남, 자연과의 만남, 책이나 일과의 만남을 통해서, 그리고 고요 속에 드러나는 자신과의 만남을 통해 우리는 이 세상과 우리 마음의 원리를 깨닫게 되는 것입니다. 이러한 깨달음은 우리를 행복으로 이끌어 줍니다. 이때의 행복은 무엇인가를 채움으로써 얻게 되는 것이 아니라, 불필요한 것들이 떨어져 나간 이미 행복한 자신을 회복한다는 표현이 더 적절할지 모르겠습니다.

그렇게 되면 매 순간은 축제처럼 빛나게 됩니다. 어제의 후회나 좋지 않은 기억들과 내일에 대한 두려움이 떨어져 나간 지금 이 순간의 행복에 감동하고 감사할 수 있기 때문입니다.

이 『하루를 축제처럼』은 청개구리 선방의 작은 깨달음 모음인 『일상을 여행처럼』의 2집인 셈입니다. 일상을 여행처럼! 하루를 축제처럼! 제 삶을 행복으로 끌어주는 좌우명이기도 합니다. 처음부터 이 두 권의 시리즈를 구상하면서 제 글에는 주문을 담았습니다. 이 글을 읽는 모든 분들이 늘 깨어 있고, 행복하시기를 기원하는 주문 말입니다.

깨어 있으면 보입니다. 세상 속에 나타나 있는 진실이 보이고 진리가 보입니다. 깨어 있으면 흔들리지 않습니다. 욕심과 어리석음과 그름이 우리를 흔들지 못하고, 과거의 기억과 미래의 불안이 우리의 마음을 흔들지 못하는 것입니다. 깨어 있으면 느낄 수 있습니다. 사소한 기쁨과 잦은 감동으로 늘 감사함을 느낄 수 있습니다.

이 글을 읽는 모든 분늘의 삶이 매 순산 깨어 있어서 축제처럼 빛나고 행복하시길 기도합니다.

감사합니다.

2009년 5월
김 은 종(준영)

목차

고요하게
더 고요하게

오랜만에 책을 잡았습니다. 느긋한 마음으로 바닥에 누워서 ≪나는 여성의 몸으로 붓다가 되리라≫는 티베트불교 영국 여승의 수행기를 읽고 있는데 책장을 한두 장 넘기는 사이에 순간적으로 평화와 고요 속으로 흘러 들어갔습니다.

이 우주 속에 바닥과 책과 책을 읽는 사람만 존재하는 것처럼 어떠한 소음도, 어떠한 방해도, 어떠한 거슬림도 없이 책을 읽어 나가고 있었습니다. 절대적인 평화와 고요를 경험한 것입니다.

하지만, 그 순간을 오랫동안 지속할 수는 없었습니다. 어느 정도 읽다 보니 집중력이 떨어지면서 현실 속으로 돌아와 버렸기 때문입니다. 고요와 평화의 느낌은 책 읽는 일에 온전한 정신으로 집중했기에 가능했던 것 같습니다. 일심으로 책 읽는 일에 깨어 있었기에 집중할 수 있었고, 책과 나의 간격을 뛰어 넘을 수 있었던 것입니다.

그때 깨달았습니다. 고요는 멈추고 싶을 때 멈출 수 있고, 한 가지 일을 할 때 다른 것들을 완전히 잊어버릴 수 있는 힘에 비례한다는 것을 말입니다.

　　그리고 고요는 평화를 동반합니다.
　　그러한 평화는 일상생활 속에서 '고요하게 더 고요하게' 자신의 삶을 조절하는 가운데 얻어집니다. 행복하고 평화로운 삶, 우리가 꿈꾸는 이상적인 삶이 아닐까요?
　　하지만, 우리의 일상은 너무 바쁩니다. 친구들도 멀티태스킹을 호소합니다. 엘리베이터 타면서 눈 화장하고, 운전하면서 정지신호를 기다려 립스틱을 바르고, 빨래 삶으면서 청소하고……. 바쁘게 사느라 소중한 아들 얼굴 한 번 자세히 볼 시간도 없다고 합니다. 짧은 시간에 많은 것을 처리하기 위해서입니다.

　　그렇게 바쁘게 살면 얻는 것이 많습니다. 사회적 지위와 경제력, 그리고 자아실현 등이 그런 것일 것입니다. 하지만 바쁘고 서두르기 때문에 잃는 것 또한 많습니다. 바로 사소한 기쁨과 잦은 감동입니다.

　　나는 다행스럽게도 가까운 곳에 아름다운 정원과 넓은 캠퍼스가 있습니다. 그래서 식사시간을 전후로 모든 일과 모든 생각을 놓아 버리고 고요 속에 길들이는 시간을 쉽게 만들 수 있습니다. 말하자면 걷기 명상입니다. 모든 생각과 바쁜 마음을 놓아 버리고 천천히 길을 걷다 보면 사소한 기쁨과 감동을 느낄 수 있습니다. 깨달음도 옵니다. 아무 생각 없이 걷는 가운데 아주 사소한 것들이 깨달음을 불러다 줍니다. 낮게 깔린 꽃 한 송이에서, 옷을 벗고 있는 플라타너스 나무 가지에서, 허물을 벗고 날아간 매미에게서, 모든 것을 품고 있는 길을 보면서, 생각지도 못했던 깨달음을 발견하게 되는 것입니다.

뿐만이 아닙니다. 처음 보는 사람에게서 사랑을 느끼기도 합니다. 지나치며 길을 걷는 이의 얼굴에서 행복이 번져 감을 느낍니다. 사랑하는 사람을 만나러 가거나 아마 만나고 돌아가는 표정임에 틀림이 없습니다. 서로 말을 건네지 않아도 그런 모습을 보는 일은 잔잔한 감동을 불러옵니다. 타인의 행복이 저의 행복이 되는 순간입니다.

그 외에도 고요가 가져다주는 것들은 너무 많습니다. 마음이 바쁘면 놓쳐 버릴 수 있는 소중한 것들을 고요는 되돌려 줍니다.

그럼에도 불구하고 우리의 현실적 삶은 우리가 한가하도록 내버려 두지 않습니다. 바쁘니까 여유가 없고, 여유가 없으니까 서두르게 되고 서두르니까 실수도 많아집니다. 악순환입니다. 과감한 결단이 필요합니다. 하루 중에 짧은 순간만이라도 '고요하게 더 고요하게' 길들이는 연습을 해 보는 것입니다. 식사시간 전후나 잠들기 전후는 꽤 괜찮은 시간입니다.

최근 미국에서는 '침실 조명등 아래 불교도(Night-Stand Buddhist)'라는 신조어가 생겼습니다. 이 침실 조명등 아래 불교도란 절이나 교당에 다니지는 않지만 잠자기 전 침실 조명등 아래에서 개인적으로 불교 관련

서적 등을 읽고, 좌선이나 명상 등을 하는 새로운 수행자 그룹을 지칭하는 말입니다. 이는 서양사회에서 자신의 영적 삶의 진화를 위하여 스스로 수행하는 사람들이 늘고 있음을 단적으로 나타내 주는 새로운 단어라고 할 수 있습니다.

맹자님은 '존야기'를 말씀하셨습니다. 밤에 혼자서 고요 속에 본성을 잘 기르고 보존하는 것입니다. 시간대를 각자의 상황에 맞게 정하고 어느 때든지 모든 일과 생각마저도 놓고 마음 가는 대로 놓아 버리고 천천히 걸으면서 눈에 보이는 것 보고, 귀에 들리는 것 들으면서 자연스럽게 고요 속으로 들어가 보세요.

가능하다면 그렇게 하루에 조금씩 길들여 가다 보면 순간순간 필요할 때마다 깊고 평화로운 고요 속으로 들어갈 수 있는 마음의 힘이 생기는 것을 발견할 수 있을 것입니다.

≪달라이 라마의 행복론≫을 보면 고요와 평화와 자비에 대해 이렇게 밝히고 있습니다. "당신의 마음이 고요하고 평화로울수록 행복하고 즐거운 삶을 누릴 가능성은 더욱 커집니다. 고요하고 평화로운 마음에 대해 말할 때, 우리는 그것을 무감각하고 냉정한 마음과 혼동하지 말아야 합니다. 고요하고 평화로운 마음을 갖는다는 것은 마음이 완전히 텅 비어 버리는 것을 의미하진 않습니다. 평화롭고 고요한 마음은 사랑과 자비심에 뿌리를 두고 있습니다. 마음을 고요하게 하는 내면의 수행이 뒤따르지 않는 한, 겉으로 보기에 아무리 편안한 환경 속에서 지내더라도 당신은 자신이 바라는 기쁨과 행복을 절대로 느낄 수 없습니다."

'고요하게 더 고요하게' 하는 시간과 방법은 스스로 찾아보도록 하시고, 그 방법과 실천 속에 평화와 행복을 직접 느껴 보시기 바랍니다. 그리고 명심할 것은 무엇이든지 하루 만에 이루어지는 것은 하나도 없습니다. 하고 또 하면 어떤 맛을 느낄 수 있습니다. 그때가 되면 누가 얘기하지 않아도 그 맛을 즐기게 됩니다. 그 경지에 이르기까지는 의도적인 노력이 필요합니다.

평화로운 삶을 원하신다면 바쁘고 숨 가쁜 일상생활 속에서 '고요'를 길들이고 맛볼 수 있는 틈새를 발견해 보세요.

 **짧은 답글**

여태 고요하거나 주위가 조용하면 심심하다 생각했었는데 이제는 그런 자투리 시간을 이용해서 생각을 많이 해 보고 넓은 캠퍼스에서 걷기 명상을 해 보는 것도 좋을 것 같네요. 꼭 해 봐야겠어요.

.^^ -이선정

하루를
축제처럼

　한때 인생에 대해 어려워했던 적이 있습니다. 삶에서 내가 할 수 있는 일이 너무 한정적이라는 생각에 무력감을 느꼈기 때문입니다. 나의 인생을 정말 나의 힘으로 살아갈 수 있을지 의문이 들 정도로 너무 많은 일들이 내 의지와는 상관없이 이루어지는 것 같았습니다. 그래서 인생이란 살아가는 것이 아니라 살아질 뿐이라고 생각했었습니다. 살아지는 삶과 살아가는 삶에는 무슨 차이가 있을까요?

　의지의 문제라는 생각이 듭니다. 인생을 자기 의지에 따라 적극적으로 살아가느냐, 외부적인 인연에 의해 소극적으로 살아가느냐의 차이이겠지요.

　정말 인생이란 살아가는 것일까요? 살아지는 것일까요? 그렇게 풀리지 않는 의문을 품고 살다가 어느 날 깨달았습니다. 지금 이 순간을 내

의지로 살아갈 수 있으면 살아가는 것이고, 그렇지 못하면 살아질 따름이라는 결론을 얻었습니다. 지금 현재의 이 순간을 어떻게 살아가느냐 하는 삶의 방식의 문제라는 것이지요. 소중한 것은 지금 이 순간이라는 사실입니다. 사실이 그러하다면 이 소중한 순간들이 모이는 하루를 축제처럼 빛나게 살아가야 하지 않을까요?

하루를 축제처럼 살아가고자 합니다. 지금 이 순간을 축제가 되고 가장 빛나는 순간으로 가꾸어 가는 것이지요. 하루를 축제처럼 살아가려고 생각하다 보니 마음에 생기가 돌고, 타인에 대해 여유가 생겼습니다. 타인은 이 순간의 축제에 함께해 준 고마운 손님들이기 때문입니다.

축제의 순간은 기쁨의 순간이며, 감사와 아름다운 공감과 나눔의 시간입니다. 축제에 임하는 마음은 언제나 긴장과 설렘과 기쁨으로 가득합니다. 이 순간을 위하여 최선을 다하고, 이 순간에 온통 집중하기 때문입니다. 이 순간을 빛나게 하기 위하여 사소한 잘못이나 불편함에 대해서는 쉽게 용서하고 넘어가게 됩니다. 사실 알고 보면 이러한 축제 같은 하루하루가 모여 우리의 일생이 됩니다. 아는 사람은 인생을 그렇게 가꾸어 갑니다. 과거나 미래가 중심이 되는 것이 아니라 순간순간, 하루하루가 중심이 되어야 한다는 것입니다.

설레는 마음으로 최선을 다해 준비하고 맞이하고 만끽하는 하루, 그러한 하루하루를 살아가고자 합니다. 하루를 축제처럼 살아간다는 것이지요. 철이 없을 때에는 순간의 가치를 잘 모릅니다. 마음이 앞서고 세상을 내 마음대로 하려고 하는 어리석음 때문입니다. 하지만, 조금씩 세상에 눈을 뜨고, 타인의 삶을 인식하기 시작하면 세상은 각자에게는 전부인 개개인의 소중한 삶들로 이루어져 있다는 것을 알게 됩니다. 서로가 소중히 하는 삶을 지켜줄 줄 알고, 배려해 줘야 한다는 사실을 알게 되는 것입니다.

로빈 S. 샤르마는 ≪나를 찾아가는 여행≫에서 지금 이 순간의 행복에 대해 다음과 같이 말합니다. "내가 말하고 싶은 것은, 결코 미래의 성취를 위해 현재의 행복을 미루어 두지 말라는 것일세. 현재의 행복과 만족을 위해 필요한 일을 연기하지 말게. 자네가 삶을 충만히 살아야 할 시간은 복권에 당첨되거나 은퇴를 했을 때가 아니라네. 그것은 바로 지금 이 순간일세!"

사람은 행복하게 살기 위해 이 세상에 왔습니다. 내일부터 행복하게 살라는 뜻이 아닙니다. 바로 지금 이 순간부터 행복하게 살라는 뜻입니다. 순간이 이어져 영원이 됩니다. 내가 할 수 있는 것은 내 삶을 축제처럼 가꾸고, 타인의 축제에 함께해 주는 것입니다. 소중한 것은 지금 이 순간이고 오늘입니다. 다시는 오지 않을 이 순간, 이 오늘을 축제처럼 살아 보면 어떨까요?

 **짧은 답글**

정말 말씀 소중합니다. 구본형 님의 '오늘 이 눈부신 하루를 위하여'라는 말이 떠오릅니다. 하루를 축제처럼 살 수 있으면 얼마나 좋을까요? 그런데 왜 우리는 자꾸만 지금 말고 다른 언젠가에 그런 시간이 있으리라는 환상을 품게 되는 것일까요? 이 순간을 소중하게 하루를 축제처럼 살아가 보렵니다.

―꾸리

한 번에 하나씩

누구나 무슨 계획을 세우게 되면 급하게 이루고자 하는 경향이 있습니다. 그래서 결국 그 급하게 구하는 마음 때문에 일의 순서를 잡지 못하고 마음만 바쁘고 실제 그 성과는 더디게 이루어지는 경우가 많은 것이 사실입니다.

주위에 보면 늘 여유 있고 편안해 보이지만 많은 일을 해내는 사람과 바쁘다고 동동거리지만 실속이 없는 사람들이 있습니다. 그리고 계획은 많은데 실행이 없는 사람과 마음먹은 것은 현실이 되게 하는 사람이 있습니다. 무슨 차이일까요?

그것은 바로 일의 순서를 알아서 집중할 줄 아는 능력이 있는 사람과 그렇지 못한 사람의 차이에서 비롯됩니다. 꿈이 있고, 계획이 있는 것은 모든 사람의 공통점입니다. 하지만, 그것을 이뤄 내고 그렇지 못하고의 차이는 작은 것에서부터 하나씩, 차근차근 실행에 옮길 수 있는 사람과 꿈만 많고 계획만 많으면서 실천할 수 있는 힘이 없는 사람의 차이에 있습니다. 적지만 자신의 수입 일부를 저축하는 사람과, 일확천금을 얻을 수 있는 기회만 기다리는 사람이 있다면 누가 돈을 모을 가능성이 높을까요? 만나는 사람과 진지한 사랑을 조금씩 키워 가는 사람과 조건으로 좋은 상대만을 계산하는 사람이 있다면 누가 더 결혼을 잘 할 수 있을까요? 수많은 예가 있을 수 있습니다. 하루에 한마디라도 꾸준히 영어공부를 하는 사람과 쉽고 빠른 방법만 찾는 사람, 규칙적인 운동으로 건강을 지키는 사람과 쉽고 편한 기계나 요법 등에 매료당하는 사람이 있다면 누가 더 영어를 잘하고, 건강을 유지할 수 있을까요?

전자의 모습들은 노력 없이 쉽게 무엇인가를 얻고 싶은 인간의 나약한 욕망의 단편이라고 할 수 있습니다. 이런 사람들의 안일한 생각에 대해 원불교 소태산 대종사님은 "세상의 모든 사물이 작은 데로부터 커진 것 외에는 다른 도리가 없나니, 이소성대(以小成大)는 천리(天理)의 원칙이니라. 그러므로 무슨 일이든지 허영심과 빨리 이루고자 하는 욕속심에 끌리지 말고 이소성대의 원칙에 따라 바라는 바 목적을 어김없이 성취하기 바라노라."(교단품 30)고 말씀을 하셨습니다.

어떤 분야의 성공이든 자신이 원하는 것을 이뤄 내기 위해서는 급한 마음을 뒤로하고, 한 번에 하나씩 집중해서 차근차근 해결하는 능력을 익힐 필요가 있습니다. 우리의 머릿속에는 여러 가지 계획이 있고, 문제

들이 있습니다. 이러한 계획이나 문제들이 실현되고 해결되도록 하기 위해서는 도로의 병목현상을 해결하는 방법과 마찬가지로 한 줄을 세워서 차근차근 빠져 나오도록 하는 수밖에 없습니다. 다른 방법이 없습니다. 결과가 빨리 나타나지 않는다고 실망하거나 답답해하지 말고, 한 단계 한 단계, 한 걸음 한 걸음, 한 조각 한 조각, 하루 하루, 조금씩 조금씩 이뤄 나가도록 그 일 그 일에 집중해 보세요. 급한 마음으로 하면 일에 순서가 잡히지 않아서 시행착오를 더 많이 겪어야 합니다. 그리고 분명한 것은 실행 없는 결과는 없습니다. 실행한 만큼만 이루어지기 때문입니다.

허황된 꿈과 노력 없는 행운, 이런 것들을 염두에 두지 말고, 한 번에 하나씩, 차근차근 우리의 소망을 이뤄 가면 어떨까요?

짧은 답글

아기 개구리 앞에서 황소의 배를 흉내 내는 개구리의 어리석음이 생각나는군요. 티끌 모아 태산이요 천리 길도 한 걸음부터라 했습니다. 순리대로 사는 것이 중요할 것 같군요.
— 김 혁

꿈은
이루어진다

산책을 하다가 화단 여기저기서 뾰족뾰족 고개를 내밀고 있는 어린 싹들을 보면서 씨앗과 뿌리들의 꿈을 보았습니다. 봄과 여름에 활짝 피어날 꽃과 잎의 꿈을 펼치기 위해 오래전부터 언 땅 아래에서 쉼 없이 추위를 이겨내 왔던 것입니다. 언 땅 속에서 포기하지 않고, 추위를 버텨 낸 어린 싹들을 보면서 2002년 여름, 광화문 거리를 붉게 물들였던 주인공들이 떠올랐습니다. 우리나라 전 국민을 열광의 도가니로 몰아넣었던 월드컵의 그라운드 밖의 선수, 바로 붉은 악마. 그 붉은 악마들이 월드컵 4강에서 마지막으로 선보였던 카드섹션의 문구가 생각났기 때문입니다. 그것은 바로 '꿈은 이루어진다.(Dreams come true.)'였습니다.

꿈은 이루어집니다. 꿈이 명확하고 구체적일수록, 실현 가능성에 관한 믿음이 깊을수록 더 잘 이루어집니다. 그리고 이 꿈은 우리의 행복과 밀접한 관계가 있습니다. 꿈이 있고, 그 꿈을 이루면서 살아가는 가운데 행복이 있기 때문입니다. 이에 대해 칼릴 지브란은 "소망과 욕망은 삶의 기능이다. 우리들은 삶의 소망들을 실현하고, 우리들에게 그럴 의지가 있거나 없거나 간에 욕망들을 실천하도록 노력해야만 한다."고 했고, 헤르만 헤세는 "행복하다는 것은 소망(꿈)을 가지는 것을 말한다."고 했습니다.

정말 그렇습니다. 언젠가 사람들이 살아가면서 느끼는 고통의 크기는 자신의 꿈과 현실과의 괴리 정도에 비례한다는 사실을 발견했습니다.

그러니까, 자신이 원하는 삶과 지금 살아가는 삶이 차이가 나면 날수록 더 많은 고통을 느끼게 된다는 것입니다. 고통을 줄이고 행복하게 살아가기 위해서는 이 꿈과 현실과의 괴리를 좁히는 노력이 필요합니다. 그렇게 하기 위해서는 우선 자신의 꿈이 무엇인지를 명확히 할 필요가 있습니다. 그리고 그 꿈을 명확히 하기 위해서는 내가 어떻게 살고 싶은지를 먼저 선택해야 합니다. 지금이라도 자신의 꿈이 머릿속에 명확하게 그려지지 않는다면, 자신은 지금 행복한가 하고 자문해 봐야 합니다. 여기에서 명확하게라는 말은 구체적이라는 말입니다. 행복하게 살아가는 자신의 모습이 지금 이 순간을 비롯해서 앞으로 1년 후, 10년 후, 20년 후에도 어떤 구체적이고 선명한 모습으로 떠올라야 합니다. 분명하고 명확하게 떠오른다면 이미 행복의 여정에 들어섰다고 봐도 좋을 것입니다. 그 선명하게 드러난 꿈의 실현을 위해 에너지만 집중하면 되기 때문입니다.

하지만, 자신의 꿈을 머릿속으로 그려 낼 수 없다면 먼저 그 꿈을 구체화하는 일이 필요합니다. 그러기 위해서는 부모님의 의견이나 사회적 가치에 근거한 삶이 아니라 삶의 주체인 나의 행복에 대해 선택할 필요가 있습니다.

사람들이 살아가는 방식은 모두 다릅니다. 얼굴 생김새가 다른 것만큼이나 행복의 기준에도 차이가 있습니다. 그렇기 때문에 자신의 행복에 대해서는 자신이 선택하고 실현해 나가야 할 필요가 있고, 무엇보다 자신이나 자신의 꿈에 대해 잘 알아야 합니다.

그런데 그 꿈 또한 자신만을 위한 것이냐, 타인에게도 유익한 것이냐에 따라서 그 행복의 크기가 달라집니다. 소설가 이외수 선생님은 그 마음을 욕망과 소망으로 나누어 이렇게 설명을 하셨습니다. "자신이 잘되기를 바라는 마음을 욕망이라 하고, 타인이 잘되기를 바라는 마음을 소망이라고 한다. 욕망이 실현되기 위해서는 타인의 희생이 필요하고, 소망이 실현되기 위해서는 자신의 희생이 필요하다. 욕망은 영웅을 따라다니지만 소망은 진리, 신(神)을 따라다닌다. 그러나 소망과 욕망은 같은 가지에 열려 있는 마음의 열매로서 환경의 지배와 개인의 노력 여하에 따라 그 형태가 얼마든지 달라질 수 있다."

진정한 행복을 위해서는 욕망보다는 소망을 품고 살아야 한다는 말입니다. 꿈이 명확한가요? 그렇다면 에너지를 다해 그 꿈을 향해 달려 보세요. 꿈이 선명하지 않은가요? 꿈이 명확해질 때까지 자신의 내면의 목소리에 귀를 기울여 보세요.

짧은 답글

꿈은 살아가는 이유라고 생각해요. 꿈은 꿈일 수 있지만 그래도 꿈이 있기에 삶에 희망이 있지 않을까요? 얼마 전 교무 훈련에서 일생동안 이루고 싶은 꿈을 기재했던 적이 있습니다. 막상 기재하려니 선명하게 떠오르지가 않더군요. 그때 저의 꿈이 구체적이지 못했다는 걸 깨우치게 됐습니다. 훈련 덕분에 저의 꿈을 구체화할 수 있었고, 지금은 그 꿈을 향해 열심히 전진하고 있지요. 교무님의 말씀 감사해요. 꿈은 구체적이어야 한다는······.

−박종락

하늘처럼

수업을 듣는 한 학생이 "자신은 살아가면서 좀더 이해심 많고 넓은 마음으로 사람들을 대하면서 살아가고 싶은데, 어떤 사람을 보면 미운 마음이 나서 마음이 괴롭다면서 어떻게 해야 하냐?"고 상담을 해 왔습니다. 과연 어떻게 해야 할까요? 무조건 용서하고 무조건 이해하려고 노력하면서, 그것이 뜻대로 되지 않는다고 스트레스를 받으면서 살아야 할까요? 정말 어떻게 해야 할까요?

하늘을 한번 보세요. 하늘은 이 세상 모든 것을 덮어서 사랑하고 살려 주고 키워 줍니다. 하늘의 공기와 땅, 해와 달, 비, 구름, 바람, 이슬로 만물을 키우고 살리면서 보호하여 줍니다. 그렇기 때문에 하늘은 하늘의 품 안에 들어오는 어떠한 것도 배제시키는 법이 없습니다. 아무리 못생기고, 아무리 못되고, 아무리 부족해도 하늘은 모두를 안아서 키웁니다. 그렇다고 하늘이 맑고 갠 날만 계속되는 것은 아닙니다. 모든 것을 안아서 살피지만, 태풍이 불고, 지진이 일어나고, 가뭄이 들고, 홍수가 나고 하는 자연현상이 있습니다. 그러한 자연현상에 피해를 보는 사람들이나 생명들이 있지만, 하늘을 원망하지는 않습니다. 왜 그럴까요? 그것은 하늘은 진리와 은혜에 기초해서 그러한 작용을 나타내기 때문일 것입니다. 사적인 이해관계나 감정에 끌리지 않고 공정하고 공평한 작용이기 때문에 어느 누구도 하늘을 원망하지 않는 것입니다.

하지만, 우리는 어떻습니까?

우리는 나누는 버릇이 있습니다. 사람을 평가하고, 좋고 나쁜 것, 이롭고 해로운 것, 깨끗하고 더러운 것, 편하고 불편한 것, 바람직하고 그렇지 못한 것 등을 나누고 어떤 이상적인 것만을 추구하려는 가치관이나 태도를 갖고 살아가고 있습니다. 그래서 깨달음이나 마음공부 등에 관심을 갖게 되면 뭔가 이상적인 상태, 깨끗하고, 온화하고, 정결하고, 바람직한 어떤 한 측면만을 추구하는 병을 갖게 되는 것입니다.

그렇기 때문에 진실 또는 진리를 알고, 진실한 삶을 살아가기 위해서는 '하늘처럼'이라는 표준을 갖고 살아가면 많은 도움이 됩니다. 하늘은 모든 천지작용을 일으키지만, 다만 기울고 끌려서 그런 것이 아니라는 것입니다. 본의가 은혜와 사랑이라는 것입니다.

다시 학생의 질문으로 돌아와서, 미운 마음이 나는 친구에게 그 학생은 어떻게 해야 할까요? 하늘처럼 해 보라고 했습니다. 정말 그 학생에

게 잘못이 있는 것인지, 내 마음의 문제인지 먼저 살펴보는 거예요. 그
래서 그 학생이 비난받아 마땅하다면 비난을 하고, 혼을 내줘야 한다면
혼을 내주고, 충고를 하려면 확실히 충고를 해서 해결을 해야 하는 것
이 아닐까요?

　하지만, 내가 인정하기 싫은 나의 모습이 그 친구에 반영된 것이라든
지, 내 마음이 편치 못해서라든지, 친구에 대한 나의 열등감의 반영이라
든지 하는 등의 내 문제라면 그것은 처방이 다릅니다. 이런 경우에는
정말 진솔하게 내 마음에서 잘못된 점들을 살펴보고 인정하고 고치는
용기가 필요합니다.

　자신의 이해심이 커질 대로 커져서 눈에 거슬리지 않는다면 몰라도,
이미 거슬리고 마음이 불편한데 마음이 넓은 척하는 것은 아무런 노움
이 되지 않습니다. 차라리 상대를 무시하고 스스로를 높이는 위선일지
도 모릅니다.

　사람을 대하거나 일을 대할 때, 그 대응하는 방법에 정확한 판단이 서
지 않는다면 하늘을 바라보세요. 사랑해서 모든 것을 품고 어떠한 것도 배
제시키지 않으면서 진리에 맞게 적절한 대응을 하는 것을 보는 것입니다.
그래서 우리가 할 수 있는 최선의 방법으로 사실적이고 진실하게 노력한
다면 하늘과 같은 심법의 소유자가 될 것입니다. 바르고 넉넉하고 충만한
하늘과 같은 인격의 소유자가 되는 것이지요.

　깨달음이나 마음공부에 관심을 갖고 공부하면서 정말 어떤 표준으로

살아야 할까요? 각자의 표준도 찾아봅시다.

인연 중에 왠지 기운이 막히는 분이 있었어요. 주는 것 없이 싫고 불편하고. 안되겠다
싶어 마음 챙기며 다가섰지만 서먹하고 불편함은 여전했지요. 그러다 어떤 분으로 인하
여 그분 마음을 전해 들을 기회가 있었는데 꼭 나를 두고 말하는 것 같은 느낌을 받았지
요. 그날 이후 그분을 생각하면서 나를 세밀히 관찰했지요. 답을 찾는 데 한참이나 걸렸
어요.(열흘 이상) 잘난 척하는 그분의 행동이 부끄럽지만 인정하기 싫은 내 모습이었어
요. 마음의 거울을 통해서 보면 내 모습이 아닌 다른 모습에 놀라면서 '이건 아니야.'하
고 부정하고 싶지만 진실은 그 안에 있다는 것. 공부하면서 알아 갑니다.

— 깨어나자

착각, 그 꼭 그럴듯함에 대하여

어린 시절 밤에 자다가 요에 오줌을 싸서 옆집에 소금을 얻으러 가본 사람이라면 아마도 쉽게 이해할 수 있을 것입니다. 착각이 얼마나 꼭 그럴듯하게 이루어지는지를 말입니다. 어릴 때 두 번쯤 오줌을 쌌던 경험이 있습니다. 처음에는 어려서 오줌과 소금의 관계를 알지 못했습니다.

초등학교 1학년 때 한번은 자다가 오줌을 싸서 요를 버려 놓은 적이 있었습니다. 철이 난 이후의 일이었기 때문에, 스스로도 당황스럽고 창피하고 이불을 빨아야 할 어머니를 생각하니 미안해서 어쩔 줄 모르고 있었습니다. 그런데 마침 어머니께서 옆집에 가서 소금을 얻어 오라고 하셨습니다. '때는 이때다!' 하고 죗값이라도 하듯이 가벼운 마음으로 옆집에 소금을 얻으러 갔습니다.

그런데 웬일인지 아주머니께서 주걱으로 등을 치면서 "너, 오줌 쌌지?", "오줌똥 가릴 나이에 요에 오줌을 싸?" 하면서 놀리시는 것이었습니다. 그때만 해도 어떻게 그 아주머니께서 나의 실수를 알고 계실까 의문스러웠습니다. 아무리 생각해도 어머니밖에 없었습니다. 그 사실을 아는 사람은 어머니와 나, 두 사람뿐인데 옆집 아주머니께서 이미 이 사실을 알고 계신다 생각하니 갑자기 어머니가 원망스러워지기 시작했습니다. 어쩌면 어머니께서는 딸이 오줌 싼 사실을 아침부터 옆집 아주

머니께 이야기할 생각을 하셨을까. 어머니께 여쭤 보지도 않고 어머니가 너무 야속하게 느껴졌습니다. 결국에는 소금도 못 얻고 창피하게 오줌 싼 사실을 동네방네 알린 꼴이 되고 말았으니까 말입니다.

그 일이 있고 나서 한참 후에야 나는 어머니가 소문을 낸 것이 아니라는 것을 알게 되었고, 동시에 오줌과 소금의 관계를 알게 되었습니다.

그러다가 또 한번 오줌을 싸게 되었습니다. 초등학교 2학년 때쯤이니까, 뭐라 변명도 못할 창피한 사건이 되고 말았습니다. 하지만 그 나이에 그럴 만한 이유가 내게도 있었습니다. 왜냐면 전날 밤 꿈이 너무 생생해서 마치 실제인 양 착각해서 그렇게 되어 버린 것이었기 때문입니다. 꿈에 화장실을 급하게 가야겠는데 주위를 둘러보아도 마땅한 장소가 없었습니다. 그러던 차에 친구들도 마찬가지 상황이어서 친구들이 동그랗게 둘러서서 차례로 실례를 하기로 했습니다. 그렇게 친구들이 차례로 실례를 하고 마침내 나의 차례가 되어 나도 실례를 하고 말았습니다. 그런데 이게 어찌된 일인지 잠결에도 뭔가 잘못되어 가고 있음을 몸으로 느낄 수 있었습니다. 편안히 잠들었던 이부자리가 심상치 않게 되었던 것입니다. 그렇게 아침이 되었습니다. 가족들이 알까 봐 쉬쉬하며 어머니께만 사실을 알리고 너무 부끄러워서 쥐구멍이라도 있으면 들어가고 싶었습니다.

그 일이 너무 충격이어서 그 이후에는 꿈속의 상황과 실제 상황을 구별할 수 있게 되었습니다. 그것은 꿈속에서나마 어렴풋이 '이건 착각이야.'라는 사실을 자각하게 되면 그런 사고는 일어나지 않는다는 것을 알게 되었다는 말입니다. 그래서 이제는 압니다. 착각이 얼마나 꼭 그럴 듯하게 이루어지는지를.

착각은 실제보다도 더 진짜인 것처럼 우리의 판단에 개입해 들어옵니다. 나아가 그것이 행동으로 연결되었을 때는 엄정한 현실적 잣대로 평가받게 됩니다. 그러기에 꼭 그럴듯한 착각에 대해 각별한 주의를 요하게 되는 것입니다. 하지만 각별히 주의를 하지 않으면 우리들 대부분은 착각 속에 태어나서, 착각 속에 살다가, 착각 속에 사라져 갈지도 모를 일입니다.

내가 어디서 왔는지도 모르면서 내 마음대로 하려고 합니다. 선악에 내한 정확한 판난도 없으면서 직접 내가 나서서 선악을 가리고자 하고 응징하고자 합니다. 뿐만이 아닙니다. 눈에 보이는 것이 전부인 양 착각하기도 하며, 세상사가 내가 아니면 안 된다는 착각 속에 분주하기만 합니다.

대다수의 삶이 그러하기에 착각(錯覺)이 아닌 정각(正覺)을 얻은 사람을 존경하는 것은 아닌지 모르겠습니다. 꿈속에서 실례를 하면서도 짐짓 그것이 꿈인 줄을 모르는 사람처럼, 진정한 깨달음을 향한 노력이 없는 한, 착각 속에 살다가 착각 속에 사라져 갈지도 모를 일입니다.

어떤 경우 착각을 많이 하게 될까요?

자기 생각 속에 살게 되면 자기중심적인 착각을 많이 하게 됩니다. 그리고 너무 분주하게 살아도 착각을 많이 하게 됩니다. 사건들이 머릿

속에서 엉킬 가능성이 있기 때문입니다. 그리고 자신을 너무 몰라도 착각하게 됩니다. 환상 속의 자신이 진짜 자기인 줄 착각하고 살아가는 경우입니다.

어떻든 우리는 가끔씩 어떠한 이유에서든 착각을 하며 살아가게 됩니다. 그렇게 되면 사실이 왜곡되고, 왜곡된 정보는 그릇된 판단의 기초가 됩니다. 판단이 잘못되면 행위는 말할 것도 없이 그른 행동을 하게 됩니다. 그리고 그 그른 행동은 고통의 씨앗이 됩니다. 그렇기 때문에 있는 그대로의 사실을 정확하게 인식하는 것이 얼마나 중요한지 모릅니다.

눈 뜨고 있을 때는 말할 것도 없이, 꿈속에서라도 착각하지 않도록 늘 깨어 있어야 할 것 같습니다. 그리고 혹시라도 자신의 착각의 가능성을 열어 두고 늘 겸허한 자세, 여진이 있는 자세로 살아가야 할 것 같습니다.

일본 어떤 선사는 선을 배우러 온 선객에게 방에 들어올 때 신발을 어디에다 벗어 두었는지 기억하냐고 묻는다고 합니다. 한순간도 무뎌져 있는 것을 용납하지 않는 선의 정신을 드러낸 이야기입니다.

우리도 순간순간에 투철하게 깨어 있어서 언제 어느 때라도 착각에, 그 꼭 그럴듯한 착각에 속지 않고 살아갈 수 있다면 얼마나 좋겠습니까?

짧은 답글

늘 깨어 있으시오! 마음은 하루에도 열 번 바뀌는 발 빠른 생쥐 같고, 의식은 깨어 있는 것 같지만 어느새 연기처럼 사라지기 마련인데 "명상과 참선을 통해 깨어 있으라!"는 뜻인가요? 쉬운 일이 아닌 줄 아는데…… 참된 깨어 있음은 진리 속 성자?

— 책사랑

배경이
되어 주는 것

출장을 다녀오는 길에 높은 구두를 신고 운전을 하다 보니 발이 너무 불편했습니다. 운전 중에 어떻게 할 수가 없어서 왼발이라도 좀 쉬면 어떨까 해서 왼쪽 구두를 살짝 벗었습니다. 한 발이라도 편하게 해 주자는 생각이었습니다. 그런데 정말 이상한 사실을 발견했습니다. 왼발은 운전을 하지 않는다고 생각을 하고, 무심히 한쪽 신을 벗었는데 균형감각이 떨어져서 운전하는 데 여간 불편한 것이 아니었던 것입니다.

그때 깨달았습니다. 운전은 오른발만이 하는 것이 아니라는 사실을 말입니다. 액셀러레이터나 브레이크를 밟지 않는다 하더라도, 아무것도 하지 않고 옆에 있어 주기만 해도 운전에 도움을 주고 있었다는 것입니다.

그렇게 드러나지 않지만 중요한 역할을 해 주는 왼발의 역할을 보면서, 갑자기 눈에 보이지 않는 배경이 되어 주는 것에 대해서 돌아보게 되었습니다. 우리는 자칫하면 부각되는 주제에만 관심을 가지느라 '배경이 되어 주는 것'에 대한 가치나 고마움을 잊기 쉽습니다. 우리들의 삶이란 어쩌면 눈에 보이지 않는 관심과 사랑, 수고로움 등의 배경이 되어 주는 것들로 인해서 지속이 가능한지도 모르는데 말입니다.

그러고 보니 만물이 낮에 크는 것 같아도 사실은 밤에 자랍니다. 아이들도 밥 먹고 크는 것 같아도 아프고 나면 훌쩍 크는 것을 느낄 수 있습니다. 마찬가지입니다. 일도 열심히 하기만 하면 능률이 오를 것 같지만 사실은 쉬면서 일의 순서가 잡히고 아이디어가 떠오르는 경우가 더 많이 있습니다. 운전을 잘 하기 위해 열심히 운전하는 오른발의 역할 못지않게 놀고 있는 왼발의 역할이 중요한 것과 마찬가지입니다.

그래서 요즈음은 잘 쉬고 잘 노는 것에 대한 기술이 요구되고 있습니다. ≪휴테크 성공학≫을 쓰신 김정운 선생님은 '놀고 싶으면 놀라.'고 잘라 말합니다. 한 걸음 더 나아가서 '휴식과 놀이에서 오히려 경쟁력을 찾을 수 있다.'며 '일 중독자는 창의력이 없어 실패한다.'고 경고합니다. 휴식, 말하자면 잘 쉬고 잘 노는 데서 창의력이 자라나기 때문입니다. 여기에서 주의할 것은 잘 노는 것입니다. 아무 때나 노는 것은 잘 노는 것이 아닙니다.

'재미와 함께 자기반성의 기회를 갖는 것'에 휴식과 여가의 참된 의미가 있습니다. 잘 노는 기술이 필요한 것입니다.

'열심히 일한 당신, 떠나라'라는 모 카드회사 TV 광고 카피를 보고

"좋겠다. 저렇게 열심히 하고 떠날 수 있는 직장에 다니는 사람은 얼마나 좋을까?", "우리 직장 상사는 아마 '열심히 일한 당신, 더하라'고 할 거야."라며 어려움을 하소연하는 것을 들은 적이 있습니다. 노는 것이 얼마나 업무에 효율을 주는지, 사람의 마음이 움직이면 얼마나 효율을 높일 수 있는지 깨닫지 못한 상사를 모시고 있는 모양입니다.

아무튼 잘 노는 것이 중요한 시대가 되었습니다. 그것은 아무래도 삶의 방식이 자연으로부터 멀어진 때문이 아닐까 하고 생각합니다. 인공적인 환경에서 너무 많은 업무를 진행하다 보니, 역으로 노는 것의 중요성이 인식되는 시대가 된 것입니다.

마흔 살 아저씨 창의력은 5살 꼬마 창의력의 4%에 불과하다고 합니다. 주어진 일만 생각하기 때문입니다. 하지만 아이들은 '어떻게 하면 재미있게 놀 수 있을까'에 대해 끊임없이 머리를 쓰고 연구(?)를 하기 때문에 창의력이 개발되는 것입니다. 어른은 아는 것이 너무 많아서 실험을 하지 않기 때문에 창의력이 도태되고 있는 것도 사실입니다. 아는 것에 집착하기 때문입니다. 마음을 여유 있게 가지고, 아무것도 안 하는 시간, 단지 쉬고 단지 노는 시간에 그동안 미처 보지 못했던 것들을 볼 수 있고, 미처 생각하지 못했던 것을 생각할 수 있습니다. 그러한 삶의 휴식이 일이나 사랑, 공부나 인간관계 등을 더 잘하게 지탱해주는 배경이 되어 줍니다.

동양의 문인화나 산수화에서 여백의 처리가 작품의 예술적 가치를 높여 주듯이 우리의 삶에도 적절한 여백, 배경이 되어 주는 것의 역할이 소중한 때인 것 같습니다. 현대회화에서도 적절한 여백이 살아 있는 배경은 주제를 강력하게 살리는 조형적 효과를 부각시킨다고 합니다. 사진을 찍을 때에도 하늘이나 안개, 바다나 호수 등을 배경으로 하면 피사체가 잘 드러나서 아름다운 사진이 됩니다. 그와 같이 여백이 있는 배경은 아름다움을 더합니다. 예술작품에 있어서나 인생에 있어서나 동일합니다.

『채근담』에 보면 "매사에는 어느 정도 여백을 남겨 두어야 한다. 화나는 일이 있어도 화나는 감정을 다 쏟아 놔서는 안 된다. 비록 정당한 말이라도 70~80퍼센트쯤 말을 하고 나머지는 여운을 남기는 것이 효과적이다."고 하는 여백의 중요성을 언급한 부분이 나옵니다.

아무것도 안 하면서 빈둥거리는 시간, 열심히 놀면서 기존사고를 깡그리 잊어버리는 시간과 같은 배경이 되어 주는 시간들은 우리의 삶의 질을 향상시켜 줄 것입니다. 사람도 완벽하기보다는 어딘가 좀 모자란 듯한 면이 있는 사람이 편안하고 매력적으로 비쳐집니다. 인간적인 아름다움을 더하기 때문일 것입니다.

소리 없는 말이 더 크게 말하고, 운전하지 않는 발이 더 열심히 운전하고, 다 드러내지 않는 것이 더 크게 드러나는 이치에 눈을 떠야 할 때입니다. 열심히 일하면서 쉬거나 노는 일도 잘 할 것, 열심히 살면서 말없이 지켜주고 도와주는 인연들에 감사할 것, 최선을 다하지만 자신의 부족한 점이나 못 미치는 점은 솔직하게 인정할 것. 삶의 여백을 통찰하는 우리들 삶의 단면이 아닐까 합니다.

이제까지 주제에만 관심을 가졌다면 여백의 중요성이나 가치에 대해서도 돌아보는 시간을 가져 보면 어떨까요?

짧은 답글

한 송이의 국화꽃을 피우기 위해 봄부터 소쩍새는 그렇게 울었나 보다. 한 송이의 국화꽃을 피우기 위해 천둥은 먹구름 속에서 또 그렇게 울었나 보다. 그립고 아쉬움에 가슴 조이던 머언 먼 젊음의 뒤안길에서 인제는 돌아와 거울 앞에 선 내 누님같이 생긴 꽃이여. 노오란 네 꽃잎이 피려고 간밤엔 무서리가 저리 내리고 내게는 잠도 오지 않았나 보다. 국화가 피기까지 소쩍새가 울고 천둥이 울고 무서리가 내렸듯이 너라는 배경과 여백이 없이는 나가 없는 것 같군요. 왜 그리 까맣게 잊고 사는 건지…….

－무심결

어서
말을 해

　신문을 읽다 보니 유난히 '칭찬을 해 주라'는 기사가 와 닿았습니다. 칭찬뿐이 아닙니다. 아끼지 말아야 할 말을 너무 못하고 사는 것이 아닌가 하는 것입니다. 사랑한다는 말, 고맙다는 말, 보고 싶다는 말, 수고했다는 말, 잘 했다는 말, 보기 좋다는 말 등 삶을 따뜻하게 하고 인간관계를 윤활하게 해 주는 말들을 얼마나 하고 사는지 생각해 봅니다. 아내에게 남편에게, 연인에게 친구에게, 선생님께 제자에게, 동료에게 자녀에게 누구에게든 이런 말을 얼마나 하면서 살아가고 있나요?

　'어서 말을 해.', '어서 말을 하세요.' 이런 마음이 조금이라도 느껴진다면 주저하지 말고 그때그때 바로바로 해 보세요. '다 아는데 말은 또 무슨 말'이라고 할지도 모르겠습니다. '낯간지럽게 무슨 그런 말'이라며 쑥스러워할지도 모르겠습니다. '여자가 어떻게 먼저?' 또는 '남자가 어

떻게 먼저?' 하면서 꺼리고 있는 것은 아닌지요?

먼저 말하면 체면을 잃을까 봐, 먼저 말하면 상대가 이상하게 생각할까 봐, 듣는 사람이 너무 익숙해져 버릴까 봐, 아끼고 있지는 않습니까? 다음에 더 멋있게 해 주기 위해, 계속 잘하는지 봐서 그때 해 주기 위해 미루고 있지는 않습니까?

생각해 보세요. 사람 마음은 똑같습니다. 사랑한다는 말을 듣고 설레고 가슴 따뜻한 경험이 있는 사람이라면, 잘 한다는 말을 듣고 밤을 새며 열심히 일을 해 본 사람이라면, 보기 좋다는 말을 듣고 가슴 뿌듯했던 일을 기억하는 사람이라면 해야 할 말과 하지 말아야 할 말의 차이를 잘 알 수 있을 것입니다.

고마움을 전하는 말이라면, 사랑을 전하는 말이라면, 격려나 위로가 되는 말이라면, 칭찬이 되는 말이라면 머뭇거리지 말고, 눈치 보지 말고, 미루지 말고 그런 마음이 나는 그때 바로바로 해 보세요. 그와 같은 말을 듣는 사람도 사랑과 뿌듯함과 자랑스러움과 따뜻함을 느끼게 되겠지만, 말을 하는 사람도 더 큰 기쁨과 흡족함과 사랑을 경험할 수 있을 것입니다.

진정으로 느끼고 하는 말은 타인에게 더 진한 감동을 줍니다. 하지만 혹시라도 상대의 마음을 움직이기 위해 일부러 지어낸 말이라면 주의할 일입니다.

데일 카네기의 ≪카네기 인간관계론≫에는 칭찬과 아첨을 구분하는 차이를 이렇게 밝히고 있습니다. "칭찬과 아첨을 구별하는 차이는 무엇일까? 답은 간단하다. 한쪽은 진지하고, 다른 한쪽은 무성의한 것이다. 한쪽은 마음속으로부터 나오는 것이고, 다른 한쪽은 이빨 사이에서 새어 나오는 것이다."

이빨 속에서 새어 나오는 이기적인 욕망의 아첨은 한순간의 환심은 살 수 있을지 몰라도 진실이 담겨 있지 않기 때문에 언젠가 그 한계를 드러내고 맙니다. 위선과 거짓으로 성공을 하고 많은 것을 성취한다 한들 그것이 무슨 의미가 있겠습니까? 언제나 남의 눈치나 보고 자신의 안위에 급급하게 살아갈 것이기 때문에 많이 가졌지만 언제나 가난한 삶을 살아갈 수밖에 없기 때문입니다.

칭찬과 사랑과 감사의 말, 격려와 위로와 진심이 담긴 말은 우리의 영혼을 기쁘고 따뜻하게 만들어 줄 뿐 아니라 함께 사는 사람들의 마음과 삶을 훈훈하게 만들어 줄 수 있습니다. 할 말을 하지 말라는 것이 아닙니다. 거짓된 마음을 꾸며서 말하라는 것도 아닙니다. 사실 그대로 느낀 그대로 말로써 표현을 하되 적절한 시기에 말을 하라는 것입니다. 칭찬과 사랑과 감사의 말, 격려와 위로와 진심으로 상대를 배려하는 말은 미룰 필요가 없습니다. 그리고 이러한 말은 우리가 마음을 비우고 순간순간에 깨어 있으면 아주 사소한 것에서도 그런 마음이 우러남을 발견할 수 있을 것입니다. 하지만, 상대방의 마음을 불편하게 하거나 긴장하게 하거나 아프게 할 수 있는 말은 시기를 조금 늦추어서 부드럽게 하는 것도 필요합니다. 말을 안 하는 것이 아니라 적당한 시기를 봐서 잘하는 것이 중요합니다. 일례로 인제대 백병원 신경정신과 우종민 교수님은 칭찬을 잘하는 법과 자기주장을 제대로 펴는 법을 제시합니다.

〈칭찬을 잘하는 법〉
  ① 나를 위해 칭찬하라. "칭찬하면 실적도 좋고 나도 스트레스를 덜 받는다."고 생각한다.
  ② 구체적으로 칭찬하라. "보고서 잘 만들었어."보다 "경비 보고서 3장이 아주 좋았어."라고 말한다.
  ③ 나무랄 때도 먼저 칭찬하라. "보고서 이게 뭐야."보다 "괜찮은데 2장이 미흡해."라고 한다.

④ 잘하면 즉석에서 칭찬하고 못하면 따로 만나서 야단쳐라.

⑤ 상대의 눈을 보면서 칭찬이 진심이라는 사실을 전달하라.

⑥ 지난번보다 결과가 좋아졌으면 그 점을 특히 칭찬하라.

⑦ 외모에 대한 칭찬은 하지 마라. 듣는 사람에 따라 모욕으로 여길 수도 있다.

〈주장을 제대로 펴는 법〉

① 무조건 "예." 하지 마라. 아니라고 판단되면 단호하게 "아니요."라고 말하라.

② 자신을 낮추면서 말하라. "부장님은 왜 그러느냐?"보다 "제가 보기에는"이라고 말한다.

③ 주어를 가려 써라. 좋은 이야기는 "부장님이 잘했다."고 하고 나쁜 이야기는 "제가 느꼈다."고 하라.

④ 과제를 마감하지 못할 경우 미리 말해서 해법을 찾도록 하라.

⑤ 흥분했을 때는 차라리 아무 말을 하지 마라.

⑥ 항의할 때에는 상사의 행동을 평가하지 말고 객관적 사실만 전달하라.

⑦ 항의할 때에는 내 말이 진리인 것처럼 말하지 말고 자신의 입장이라는 점을 분명히 하라.

어떻습니까? 말을 해도 어떻게 해야 할지 도움이 되지 않나요? 명심하세요. 말 한마디에 천 냥 빚도 갚습니다. 말 한마디에 잃어버린 사랑을 찾을 수도 있고, 말 한마디에 수고롭게 쌓아 온 모든 것을 날릴 수도 있습니다. 어서 말을 하세요. 잘 하세요.

짧은 답글

가려운 곳을 긁어 준다는 말처럼 많은 글 중에서도 심곡을 찌르는 글이 있는 것 같습니다. 언제부터인지 말을 잃어 가고 있습니다. 오늘부터 좋은 습관을 갖도록 노력해 보렵니다. 그리고 상대방의 좋은 점을 보려고 힘써 보렵니다. 감사합니다.

－김 혁

다른 것들과의
아름다운 공존

우리들은 모두 서로 정말 다르지만, 그 다르다는 사실을 잊고서 내 방식으로 생각하고 이해하지 못하는 일이 많습니다. 이론적으로는 다르다는 것을 알고 있지만, 실제에서는 다르다는 점을 잊어버리는 것 같습니다.

언젠가 많은 사람들의 배꼽을 본 적이 있습니다. 원불교에서는 좌선을 할 때에 단전주를 중심으로 합니다. 단전의 위치를 문의해 오는 사람들에게 배꼽을 중심으로 단전 위치를 잡아 보는 방법을 가르쳐 주다가 너무 다르게 생긴 사람들의 배꼽을 보면서 깜짝 놀랐습니다. 얼굴은 겉으로 드러나니까 다른 줄 알고 있었지만, 가려진 배꼽이 그 정도로 다르게 생겼을 줄을 꿈에도 상상을 못해 봤기 때문입니다.

어디 배꼽뿐이겠습니까? 얼굴도 다르고, 몸매도 다르고, 생각도 다르고, 능력도 다르고, 취향도 다르고, 인연도 다르고, 처한 상황도 다 다릅니다. 얼마나 다른지 모릅니다.

이렇게 다른데, 우리는 자꾸만 그 사실을 잊어버립니다. 그러고는 내 방식과 내 생각을 요구하고, 고집하고, 그것이 전부인 양 생각합니다. 타인의 입장에서 생각한다 하면서, '만일 내가 너라면'이라는 전제하에 결국은 내 방식을 고집합니다.

서로 다른 사람이 각자의 방식을 고집하면 어떤 일이 일어나겠습니까? 결국 부조화와 불협화음이 발생하겠지요. 어떻게 하면 이 서로 다르다는 사실을 인정하고 수용하고 관계하며 살아갈 수 있을까요?

자연을 한번 둘러보세요. 어느 하나 꼭 같은 모양으로 생긴 것이 없습니다. 서로 다르지만 조화를 이루고 있기 때문에 얼마나 아름다운지 모릅니다. '아름다운 공존' 바로 그것입니다. 사고방식이 다르고, 취향이 다르고, 생활 방식이 다른 사람을 만나서 우리가 해야 할 일은 바로 이 '아름다운 공존'입니다. 다른 서로가 만나서 조화를 이뤄 내는 일이 우리의 과제입니다.

어떻게 하면 우리도 자연처럼 '아름다운 공존'을 실현해 낼 수 있을까요?

아마도 먼저 다르다는 사실을 인정해야 할 것입니다. 나를 닮으라고 강요하지 않는 것입니다. 그러고는 내가 진정한 내가 되고, 네가 진정한 네가 될 수 있도록 이해하고 돕는 일이 그 다음 일이 될 것입니다. 홍

내 내지 않고, 그림자 쫓지 않고, 유일한 우리 자신이 되는 것입니다. 내가 비로소 내가 될 때 사물도 있는 그대로 인식할 수 있고, 현상도 있는 그대로 인식할 수 있기 때문입니다. 그런데 가끔씩은 '내가 만일' 이라는 가정을 사용하여 타인을 부러워합니다. 내가 만일 돈이 많다면, 내가 만일 예쁘다면, 내가 만일 그림을 잘 그린다면, 내가 만일 공부를 잘한다면, 내가 만일 더 좋은 직장을 갖게 된다면……. 이런 식으로 한 도 끝도 없이 부질없는 상상을 하고, 불필요한 열등감을 안고 살아가기 도 합니다.

우리는 서로 다르기 때문에 원천적으로 비교가 불가능합니다. 자신을 제대로 알지 못하기 때문에 타인과 비교하는 것입니다. 고유한 나, 세상에서 유일한 나를 알고, 나의 길을 아는 노력이 필요합니다. 그럼에도 불구하고 남의 눈치 보는 일이 내가 되고, 욕심이 내가 되고, 이랬으면 저랬으면 하는 가정이 내가 되고, 허영이 내가 되고, 자존심이 내가 되고, 부모님이나 연인의 생각이 내가 되고, 수없이 다른 것들이 되느라 바빠서 진정 자신이 되기에는 역부족인 경우가 많습니다. 누구와도 비교할 수 없는 나를 찾는 일이 시급합니다. 내가 아닌 모든 것들을 하나씩 덜어 낼 때, 나는 비로소 내가 될 수 있습니다. 그리고 그 내가 될 때 자연스럽게 자비와 은혜가 나오게 됩니다. 인위적이고 조작적인 자비와 은혜가 아니라 진정한 의미에서의 자비와 은혜가 실현될 수 있는 것입니다.

그것은 온전한 내가 되었을 때 내게 부딪혀 오는 어떤 일들도 똑바로 직면할 수 있기 때문입니다. 그것은 고통이 느껴지는데 도와주지 않을 수 없고, 기쁨이 느껴지는데 같이 기뻐하지 않을 수 없는 것을 의미합니다.

달라이 라마가 길을 걷다 거지에게 돈을 주었습니다. 어떤 마음으로 돈을 주었냐는 물음에 달라이 라마는 "나는 거지를 도우려고 동전을 준 것이 아닙니다. 단지 한 인간의 빈곤을 보며 고통을 느끼는 내 마음을 편하게 하려고 그렇게 한 것뿐입니다."라고 대답했습니다. 진정한 자신이 된 상태의 '아름다운 공존'을 잘 드러내 주는 이야기입니다. 남의 눈치를 보아서 그런 것도 아니고, 아량을 베풀어서도 아니고, 단지 남의 고통이 내 고통처럼 느껴져서 '내 마음을 편하게 하려고 그렇게 하는 것'입니다. 진정한 내가 될 때 타인에 대한 아낌없는 사랑이 가능합니다. 보상을 바라지 않는 사랑의 실현이 가능하다는 의미입니다.

타인과 비교하지 않는 진정한 내가 되도록 노력하는 일과 아울러 다른 사람을 있는 그대로 인정하고 이해하고 관계를 맺는 일이 중요합니다. 타인을 있는 그대로 인정하고 이해한다는 것은 쉬운 일이 아닙니다. 노력하지 않으면 불가능에 가깝습니다. 특히 이해관계가 대립되는 관계로 만나게 될 때에는 더욱 어렵습니다.

정말 있는 그대로의 상대방을 어떻게 이해할 수 있을까요?

사실 너무 어려워서 쉬운 방법은 없습니다. 허심탄회한 대화가 한 방법이 되겠죠? 하지만 허심탄회한 대화를 할 수 있는 사람은 이해하기 어려운 점도 많지 않을 것입니다. 이미 말하지 않아도 통하고, 인연이 좋기 때문입니다.

하지만, 문제는 말을 해도 막히고, 말을 안 해도 막히는 인간관계입니다. 이러한 관계야말로 정말 있는 그대로의 상대에 대해 이해가 필요한 관계입니다. 정말 쉬운 일이 아닙니다. 세칭 강적을 만난 경우입니다. 이해 안 하고, 충돌하고, 속상하고, 화나면서 살아갈 수도 있습니다. 하지만, 그런 일이 사람을 얼마나 고달프게 하는 줄을 아는 사람이라면 이해하는 방법에 대해 궁금하게 생각할 것입니다. 강조하고 강조하지만, 어려운 일입니다.

섭섭한 마음이 나도 참고, 화가 나도 참고, 억울해도 참고, 혼이 나도 참고, 참고 참아서 그 자리에서 녹아 없어지도록 해야 합니다. 눌러 놓으면 언제 폭발할지 모르기 때문입니다. 무조건 참아야 합니다. 무조건 참는 일이 바로 아름다운 공존을 위한 '나의 방식의 양보'에 해당합니다.

나를 포기하는 일은 쉽지 않습니다. 진정한 내가 될 때 동시에 가능한 일이기도 하지만 말입니다. 나를 포기하지 못하는 것은 허영이고, 이기심입니다. 타인을 이해한다는 일이 나에 대한 포기 없이 가능한 것이 아닙니다. 서로 다른 것과의 '아름다운 공존'이란 바로 나를 타인에게 내주는 일을 말합니다. 나의 욕심과 자존심과 이로움을 포기하는 만큼 나를 내줄 수 있습니다. 참고 참는 일은 그 아름다운 공존의 밑거름이 될 것입니다.

좀 어려워졌나요?

우리가 얼마나 다른지를 상기하고, 다른 것과의 공존이 얼마나 필요한지, 그리고 어렵지만 노력해서 이뤄 나가는 공존이야말로 얼마나 아름다운지를 삶 속에서 체험하는 시간들이 되기를 바랍니다.

 짧은 답글

"누구와도 비교할 수 없는 나를 찾는 일이 시급합니다." 어떻게 찾아야 할까요? 진정한 나는 무엇이며…… 어떤 의미이며, 난 무엇인가? 아주 중요한 문제인데…… 나를 비롯한 많은 사람들이 자신을 모르고 있지 않은가요?

−김기원

사랑과
비전

　오랜만에 만난 친구가 얼굴이 좋아 보인다며 비결이 뭐냐고 물었습니다. 과연 무엇이 나의 얼굴을 좋게 만들었을까요? 그 순간 머리에 스치는 개념은 바로 사랑과 비전이었습니다.

　사랑, '사랑을 하면은 예뻐져요.'라는 유행가의 가사처럼, 사랑받고 사랑하는 마음이 있으면 얼굴이 좋게 변화합니다. 예쁘지 않아도 예쁘게 보입니다. 마음이 활기차고, 순수하고, 선량하고, 따뜻하고, 부드럽고, 관용적이 되면 그 분위기가 사람을 아름답게 보이게 하기 때문입니다.

　사랑은 대상과 마음의 상태에 따라 여러 종류가 있을 수 있습니다. 애틋한 남녀간의 사랑, 그 사랑의 결실이라 할 수 있는 자녀에 대한 천륜적인 사랑을 비롯하여 이기적이지는 않지만 결코 포기할 수 없는 자신에 대한 사랑, 성숙된 인격 간의 향기로운 사랑 등 다양한 사랑이 가능합니다. 그 대상이 누구든, 무엇이든 사랑은 인류와 생명체를 존재 가능하게 하는 힘인 것만은 사실입니다. 그 사랑이 사람을 살아 있게 하고, 아름답게 하고, 의미 있게 해 줍니다.

요즘 사랑을 하고 있습니다. 가족들의 사랑은 말할 것도 없고, 청개구리선방 회원님들의 배려깊은 사랑, 있는 듯 없는 듯 사랑해 주시는 선배님 후배들의 사랑이 내 안으로 들어오고 있습니다. 그리고 그 사랑은 자연스럽게 다시 바깥으로 나가서 다른 사람과 생명과 만나는 모든 것들을 사랑하게 됩니다.

사랑에는 빠지는 것이 아니라고 합니다. 사랑은 하는 것이라는 것이지요. 이성에 눈이 멀게 하여 자신을 잃어버리는 것이 아니라, 자신의 경계를 확대시켜 큰 나로 나아가게 하는 것이 진정한 사랑이라고 할 수 있습니다. 스콧 펙은 ≪끝나지 않은 길≫에서 "그렇게 되기 위해서는 우선 자신에게 사랑스런 사랑의 대상을 찾아야 한다. 즉, 우리는 자아의 영역을 넘어 자기 밖의 대상에 매력을 느끼고 몰두해야 한다. 정신과 의사들은 이렇게 매력을 느끼고 몰두하는 과정을 '정신집중'이라고 한다."고 했습니다.

그렇습니다. 사랑은 사람을 집중하게 만듭니다. 자신이 하는 일, 만나는 사람, 보이는 것, 들리는 것, 느껴지는 모든 것들에 집중하게 만든다는 것입니다. 그것은 불필요한 것들이 스스로 떨어져 나간다는 것을 의미합니다. 사소한 고민, 사소한 두려움, 사소한 불평 등이 발붙일 틈이 없게 만

들기 때문입니다. 이렇게 깨어 있고, 몰입되어서 시간이 가는 줄을 모르고 살아가는 것은, 힘들지 않게 하고, 지치지 않게 하고, 얼굴이 좋아 보이게 합니다.

비전, 'Vision은 봄, 보이는 것'을 의미합니다. 가능성을 보는 것, 실현됨을 보는 것, 예측할 수 없는 미래와 정해진 것이 없는 내일에 대해 뭔가 어렴풋하지만 앞이 보이는 것, 그것을 비전이라고 할 수 있을 것입니다. 누구나 바로 눈앞에 보이는 것을 향하여서라면 섯 벅던 힘이라노 내서 달려 볼 수 있습니다. 그래서 비전 또한 사람을 살아 있게 하고, 얼굴 좋아 보이게 만듭니다.

사람이 매일 일을 하며 살아가는 것은 생계를 유지하기 위함에서 크게 벗어나지 않습니다. 그렇다고 많은 것을 먹거나 입고, 큰 곳에 거주하는 것도 아닙니다. 어차피 생명을 지속하기 위해 일하고 살아야 한다면, 정말 좋아하는 일을 하고 살아야 할 것입니다.

세상에서 가장 행복한 사람은 자신이 원하는 일을 하면서 시간이 가는 줄을 모르는 사람이라고 할 수 있습니다. 하지만, 우선은 자신이 원하는 것이 무엇인지를 정확히 알기가 어렵고, 알고는 있지만 실행에 옮기기가 어렵습니다. 실천력의 부족이나 용기의 부족 등으로 주저하는 경우가 많기 때문입니다. 나의 경우도 그런 모습을 갖고 있습니다.

안철수 선생님은 ≪영혼이 있는 승부≫에서 이런 자기의 꿈과 행위의 일치를 위해 다음과 같이 조언해 주십니다. "아직 직업을 정하지 않은 분들에게 해 주고 싶은 말이 있다. 자기의 감춰진 영역을 알아 가려는 노력이 중요하다는 것이다. 세상에서 자신에 대해 가장 모르는 사람은 자신이 아닌가 생각한 적이 있다. 오히려 타인은 나를 객관적으로 볼 수 있는데 나 스스로는 편견과 자기애에 사로잡혀 제대로 들여다보는 것이 힘들 때가 많기 때문이다. 그래서 매 순간 자신에게 솔직해지는 것은 무척 중요한 문제인 것이다. 하고자 하는 마음은 자연스럽게 생성되었는데 자기 인식의 벽 때문에 자신감을 미리 꺾는 경우도 자주 본다. 자기 편견에 사로잡히지 말고 일단 시도를 해 보고, 일단 시도한 일이라면 아주 열심히 해야 한다는 것이다."

비전은 주어지는 것이 아니라 열어 가는 것입니다. 보이지 않는 것을 열어서 보는 것, 스스로의 눈을 뜨는 것을 의미합니다. 눈을 크게 뜨고서 자신을 보고, 자신이 나아갈 길을 보는 것입니다. 실제로 다가선 만큼 보이는 것입니다. 한 걸음 전에는 도저히 보이지 않던 것이 다가섬으로써 보이기 때문입니다.

"사는 방법은 두 가지가 있다. 되는 대로 그냥 살아가는 것, 아니면 인생에서 무언가를 이루기 위해 더 나은 길을 찾아서 성실히 사는 것이다. 더 나은 것을 이루며 살겠다는 생각은 자기 자신의 삶만이 아니라, 다른 사람의 삶, 더 나아가 인류의 미래까지 더 나아지게 만든다." 줄리

안 헉슬리(Julian Huxley)의 ≪생물학자의 생각≫에서 나오는 이야기입니다.

어떻게 살아야 할까요?

사랑은 사랑을 낳고, 비전은 비전을 낳습니다. 하늘은 스스로 돕는 자를 돕습니다. 내가 먼저 사랑하고 내가 먼저 보는 일이 주어져 있습니다. 선택이 주어져 있는 셈이지요. 어떻게 하시렵니까?

짧은 답글

바쁘게 살면서 나를 잃지 않고 깨어 있어야 하고, 항상 깨어 있으면서 사랑과 비전을 가지고 바쁘게 살아간다고 하는 것이 참으로 힘이 듭니다. 하지만 모든 것이 확실히 나를 찾고 깨어 있다면 원만히 해결되리라 여겨집니다. 사랑과 비전, 수레의 두 바퀴와 같아서 인생이 순탄하게 굴러갈 수 있도록 평안과 안정감을 줄 것입니다.

－김 혁

하루를
즐겁게하루

관계
고치기

세탁기를 한 번 고치는 데 며칠이 걸렸는지 모릅니다. 완전히 못쓰게 되었다면 새로 사든지, 더 빨리 고칠 수 있었을지도 모릅니다. 하지만, 적당하게 쓸 수 있을 만큼 고장이 났기 때문에 쉽게 고치지 못했던 것 같습니다. 고치는 날까지 차라리 새로 사 버릴까 하는 생각을 한두 번 한 것이 아닙니다. 고치는 일이 번거롭고 귀찮았기 때문입니다.

고쳐 쓰는 일이 점점 어려워지고 있는 것 같습니다. 사람이든지 물건이든지 새것을 처음부터 자기식으로 길들여 가는 것은 어려운 일이 아닙니다. 하지만 중간에 삐걱거리는 문제, 말하자면 몸에 병이 생긴다든지, 물건이 고장 난다든지, 인간관계에 문제가 생긴다든지 하는 여러 가지의 문제들에 대해서 고쳐 쓰는 현명함과 인내가 필요한 것 같습니다. 특히 인간관계에서는 고쳐 나가는 과정에서 서로의 진면목을 발견하게

되는 묘미가 있기도 합니다.

고장 난 세탁기나 고장 난 칫솔을 고치는 것은 기술자가 있습니다. 제3의 기술자가 숙련된 솜씨로 전화만 하면 와서 고쳐 줍니다. 하지만, 인간관계는 문제가 다릅니다. 가족이나 직장동료, 상사와의 관계 악화는 삶의 전반을 흔드는 중요한 요소가 됩니다. 프로이드는 인간은 일과 사랑이 원활할 때 행복을 느낀다고 보았습니다. 일과 사랑이 원활하게 굴러가기 위해서는 가족이나 직장 동료나 상사와의 관계가 정말 중요한 요인이 됩니다. 학생들에게 있어서는 학교에서의 친구관계나 선생님과의 관계가 그 중요한 요인이 될 것입니다.

요즘 심각한 관계고치기 실패의 일면인 이혼이 급속도로 늘고 있습니다. 최근 결혼에 대한 이혼의 비율이 점점 증가하여 신혼부부 두 쌍이 탄생하는 동안 한 쌍의 부부가 이혼도장을 찍는다고 합니다. 사랑해서 결혼한 사람에게서 이런 어려움이 발생을 하는데, 남남이 만난 일터나 학교에서는 얼마나 어려움이 많을지 예상이 됩니다.

기계나 물건이 고장 난 것은 그냥 고치면 되지만, 관계를 고치는 일은 나 자신부터 변해야 합니다. 사람이 어울려 사는 세상이기에 때때로 인간관계에 따른 고민을 하게 됩니다. 다르기 때문입니다. 중요하게 생각하는 가치가 다르기 때문에 가까운 관계에서조차 문제가 발생합니다. 차라리 이해관계가 없는 사람들과의 관계에서는 아무런 문제가 없습니다. 관용적이고 호의적일 수 있습니다. 하지만 가장 가까이에서 불편을 끼쳐 오고, 이해관계가 엇갈리는 경우에는 갈등이 발생을 하게 됩니다.

그럴 때 예전에는 상대방의 잘못에 대해서만 생각을 하고, 섭섭해하거나, 포기하거나 했습니다.

하지만, 어느 날 문득 문제는 나 자신이었다는 생각을 했습니다. 내가 상대방에 대한 편견과 선입견을 떨치지 못하고 있으니까, 있는 그대로의 상대를 못 보게 되었던 것입니다. 그럴 때는 결코 관계 정상화가 어렵습니다.

살아가면서 싫다고 그만둘 수 없는 상황을 받아들이게 되었습니다. 고치면서 살아가야 하는 사실을 인정하게 된 것입니다. 포기하지 말고, 원망하지 말고 관계를 고치면서 살아가는 것입니다. 몸에 병이 들면 치료를 하는 것처럼, 물건이 고장 나면 수리를 하는 것처럼, 인간관계에 고장이 생기면 그 관계를 고쳐 나가야 합니다.

그 관계를 고쳐 나가는 방법은 관계에 문제가 느껴지는 사람일수록 특히 처음 만난 사람처럼 고정관념이나 편견 없이 대하고, 상대가 아니라면 아니라고 믿어 주고, 상대가 싫다 하면 내 방식을 유보해 보는 식으로 노력을 해 보고 있습니다. 고치고 고쳐 나가다 보면 미세한 부분까지 눈에 띄고 고쳐 나갈 수 있습니다. 이렇게 할 때 진정으로 건강한 삶이 가능해진다는 것을 이제는 이해할 수 있을 것 같습니다.

고치는 과정은 귀찮고, 힘들고, 번거롭습니다. 하지만, 문제가 생기면 고쳐야 합니다. 때로는 한 번으로, 때로는 몇 번의 관계개선을 통하여 수리나 치유가 가능해집니다. 문제는 없는 것이 전부가 아닙니다. 허물을 벗고 자라나는 생명들처럼, 문제는 성장을 위한 숙제일 수 있습니다.

어디에 문제가 있습니까? 게으름 피우지 말고, 잘난 척하지 말고, 포기하지 말고, 바꾸지 말고, 고쳐 쓰는 노력을 해 보면 어떨까요?

 **짧은 답글**

모든 인간들에게 공통적으로 있는 병 중의 하나가 바로 게으름, 귀찮아하는 것이지요. 그 병은 다른 누군가에 의해서가 아니라 바로 자기 자신의 의지에 의해서 고쳐질 수 있는 것이지요. 그것을 극복할 수 있다면 우리가 앓고 있는 많은 부분이 치유되지 않을까요?

－장순철

정신 나간
척하고

철이 들면서 삶과 행복에 대해 깨달음을 얻어 갈수록 양보하고, 타인을 배려하면서 손해 보면서 살아가고 싶다는 마음이 생겨납니다. 하지만 그 마음만큼 실생활에서 쉽게 실천되는 것은 정말 아닌 것 같습니다. 마음과 행동이 겉도는 자신을 발견하기 때문입니다.

얼마 전 사소하다면 사소하고, 중요하다면 중요한 기숙사 숙소 배정의 일이 있었습니다. 오랜 전통에 따라 졸업년도와 나이를 기준으로 혼자 사는 방과 2인 1실의 방에 방 배정을 하는데, 올해는 좀 착하게 살아 보자 싶어서 독방이 절실한 후배에게 순서를 양보하게 되었습니다. 그런데 이게 웬일인지 한 번 양보는 했지만 자꾸만 새로운 변수가 생길 때마다 나의 옛 권리를 주장하고 싶은 마음이 일어나는 것을 발견할 수 있었습니다. 꼭 그럴 때는 주위 친구들의 말도 내 뜻과 같은 말들만 주로 들립니다. 결국은 혼자만 조금 불편하면 세 사람이 편안해지는 상황을 인식하고 조용히 정리를 하면서 많은 생각들이 스쳤습니다.

착하게 사는 것, 남을 배려하며 사는 것도 일종의 습관과 같아서 몸에 베지 않으면 정말 어렵겠구나 싶었습니다. 어느 날 갑자기 착하게 살자고 해서 그렇게 되는 일이 아니라는 것입니다. 작은 일에서부터 조금씩 관심을 갖고, 불편도 감수하고, 희생도 감수하고, 손해도 감수하고 그렇게 실행하면서 익숙해지는 일이 필요하다는 것입니다.

오랫동안 알게 모르게 자기중심적인 생활 습관으로만 형성해 왔기 때문입니다. 그리고 사실은 주는 것이 받는 것이고, 받는 것이 주는 것이기 때문에 결국은 자신을 위한 일이 될 것임에도 불구하고 눈앞의 이해에 급급해서 우리가 인색하게 사는 것이 아닌가 싶기도 합니다. 이번 일을 겪으면서 내 마음에서 생색도 나고 불편은 조금만 감수하고 싶었던 알량한 어리석음을 발견했습니다.

옛날 산속에서 한 수행자가 좌선을 하고 있는데, 비둘기 한 마리가 날아와서 독수리가 자기를 잡아먹으려고 쫓아오고 있으니 살려 달라고 애원을 하는 것이었습니다. 수행자는 그 비둘기가 너무 불쌍해서 자신의 품으로 감싸서 보호를 하고 있는데, 조금 후에 독수리가 날아와서 자기가 굶어죽게 생겼으니 비둘기를 내놓으라는 것이었습니다. 비둘기를 살려 주면 독수리가 굶어죽고, 독수리를 살려 주면 비둘기가 목숨을 잃게 되는 상황이었습니다. 이를 보다 못한 수행자가 불쌍한 비둘기와 독수리를 다 살리기 위해서 자신의 살점을 떼어서 독수리에게 주기로

했습니다. 저울추를 갖다 놓고 한쪽에 비둘기가 앉고 다른 한쪽에 수행자의 다리 살점을 떼서 올려놓았습니다. 그런데 저울추가 꿈쩍도 하지 않았습니다. 두 다리를 올려놓고 두 팔을 올려놓아도 웬일인지 저울추가 꼼짝도 하지를 않았습니다. 결국에는 자신의 몸 전체를 올려놓았습니다. 그랬더니 신기하게도 비둘기의 무게와 똑같이 저울추가 평행을 이루었습니다.

그렇습니다. 정도의 차이는 있겠지만, 타인을 위하고 다른 생명을 위하는 일이 자기희생이 없이는 이루어지지 않습니다. 그럼에도 불구하고 나는 내 삶에도 불편이 없이, 타인에게도 좋은 사람이 되어 보려는 어리석은 욕심을 부리고 있었다는 것을 발견하게 되었던 것입니다.

그래서 ≪마음을 열어주는 101가지 이야기≫에서는 '정신 나간 척하고 타인을 위한 선행을 베풀라'고 권하고 있는 모양입니다. 정신을 차리고 보면, 두 번 이상 생각하면, 지금까지 살아왔던 자기중심적인 관성의 법칙이 작용해서 타인을 위한 선행을 베풀기가 힘들어지니까, 정신 나간 척하고 타인을 위해 좋은 일을 하라는 것입니다.

이번 기회에 타인을 위해 좋은 일을 할 수 있는 방법을 정리해 보았습니다. "남을 위한 일을 할 때는 정신 나간 척하고 빨리 결정을 내려라. 결정을 내렸으면 바로 실행에 옮기고, 내린 결정에 대해서는 두 번 이상 생각을 하지 말라. 혹시라도 돌이키고 싶은 유혹이 일어날 땐 비둘기의 저울추를 생각하라."

타인을 위한 일, 결국은 자신을 위한 일이 됩니다. 눈앞의 이해에만 급급해하지 않는다면 말입니다. 선행도 습관입니다. 자꾸만 해 봐야 몸에 베는 습관 말입니다. 기회가 닿을 때마다 정신 나간 척하고 한번 해 볼까요?

짧은 답글

아주 공감되는 내용입니다. 특히 남을 위한 일을 할 때는 빨리 결정하고 바로 실행에 옮기고 내린 결정에 대해서는 두 번 이상 생각하지 말라는 말은 너무 공감되는 내용이면서도 좀처럼 실행하기 어려운 법문이군요. 한 번 두 번 쌓아 온 자신에 대한 착심……

─ 연중

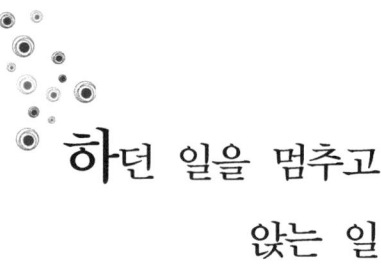

하던 일을 멈추고 앉는 일

'단연코 으뜸'이라는 뜻의 새로운 은어인 '짱'이라는 말이 유행하고 있습니다. '몸짱' '얼짱' 등 외모에 대한 비중이 큰 '짱'이 대두되면서 한편에서는 거기에 염증을 느끼고 '맘짱'을 강조하는 사람들이 있습니다. 어쩌면 요즘 같은 시대에 많은 사람들이 스스로도 인식 못하는 사이에 마음으로는 '맘짱'을 그리워하고 있는지도 모릅니다. 자신을 이해해 주고, 위로해 주고, 함께해 줄 사람을 찾기가 힘들기 때문입니다.

얼굴이나 몸매는 나이가 들고 시간이 흐르면 변하지만, 맘짱은 시간이 흐를수록 더 빛이 납니다. 어차피 같은 노력을 해야 한다면 이왕이면 맘짱을 목표로 고생과 단련을 해 보는 것이 어떨까 하는 생각을 해 봅니다.

과연 어떤 사람이 맘짱일까요? 그리고 우리가 맘짱인지 아닌지는 어떻게 비춰 볼 수 있을까요?

 내가 생각하는 맘짱은 이렇습니다. 지혜와 사랑으로 가득한 마음을 가진 사람. 지혜와 사랑은 한 마음의 두 가지 측면이라고 할 수 있습니다. 사랑이 가득하면 지혜로워지고, 지혜로워지면 사랑이 가득해지기 때문입니다. 그리고 그 사랑과 지혜는 나를 중심한 이기적 욕망이나, 내 안목의 한계로 빚어진 선입관과 편견, 고정관념이나 집착들로부터 자유롭게 세상 모든 생명과 사물들과 현상들을 볼 수 있을 때 자연스럽게 채워지는 어떤 것이라고 할 수 있습니다.

 결국 나 아닌 것들이 떨어져 나가고 참나가 드러나는 순간에 채워

지는 어떤 마음의 상태가 될 것입니다. ≪나의 문화유적 답사기≫에서 유홍준 씨는 '사랑하면 알게 되고, 알게 되면 보이나니, 그때 보이는 것은 전과 같지 않으리라.'는 명문으로 사랑과 지혜의 관계를 언급하고 있습니다. 정말 그렇습니다. 사람이든지, 사물이든지, 일이든지 무엇을 사랑하게 되면 자신의 모든 에너지를 기울여서 관심을 갖기 때문에 알게 되고 그 앎을 통해 새로운 진면목에 눈뜨게 됩니다.

한편으로는 알게 되면 사랑하게 되는 경우도 있습니다. '알고 보면 안 좋은 사람 하나도 없다.'는 말처럼, 모르니까 오해도 생기고 편견도 갖게 되는 것이지 실제 겪어 보면 그 사람만이 갖고 있는 독특한 장점들이 있습니다. 미처 보지 못했던 사랑하지 않을 수 없는 면을 발견하게 된다는 것입니다. 하지만 우리는 주로 알기 전에 먼저 판단하기 때문에 제대로 알기가 어렵습니다. 알기만 하면 이해할 수 있고, 사랑할 수 있는데 말입니다.

또는 시각을 달리해서 '나'라는 것에 집착하지 않고 있는 그대로의 세상을 바라보면 또 다른 사랑이 싹틈을 발견할 수 있습니다. 유유히 떠가는 구름 한 점, 풀잎에 맺힌 이슬 한 방울, 귓가를 스치는 바람 한 점에도 사랑이 느껴지고 만나는 모든 인연들이 소중하고 사랑스러운 어떤 마음의 상태를 경험할 수가 있다는 것입니다.

다시 말하면 과거에 연연해하거나 미래를 두려워하지 않고, 어느 한 곳에 집착하거나 걱정하지 않으면서 지금 여기에 온통 깨어 있기만 하면 만나는 모든 것들에 대해 저절로 사랑이 솟아난다는 것입니다.

여기에서 깨어 있다고 하는 것, 있는 그대로를 볼 수 있다는 것을 지혜라고 할 수 있습니다. 그러니까 이 지혜는 닦아서 가꾸어지는 어떤 것이라기보다는 아닌 것이 물러감으로써 저절로 드러나는 어떤 것이라고 보는 것이 더 적절합니다. 예를 들면 선입견, 고정관념, 욕심, 편견, 집착과 같은 아닌 것들이 물러가기만 하면 있는 그대로의 진면목을 볼 수 있는데 이 볼 수 있는 능력을 지혜라고 하고, 그 지혜를 얻는 것을 깨달음이라고 할 수 있습니다.

그래서 사랑과 둘이 아닌 지혜, 지혜와 둘이 아닌 사랑으로 마음이 가득 찬 사람이 바로 진정한 맘짱이 아닐까요?

그런데 맘짱은 어떻게 비춰 볼 수 있을까요?

얼짱이나 몸짱은 거울을 비춰 보면 알 수 있습니다. 외적인 모습이기 때문에 거울에 쉽게 나타나기 때문입니다. 하지만, 마음이 짱인 맘짱은 거울만 봐서는 쉽게 알 수가 없습니다. 무엇에 비춰 봐야 보일까요?

앉으면 보입니다. 하던 일을 멈추고 양 무릎을 땅에 붙인 채 허리와 등을 세웁니다. 양손을 아랫배 단전 앞이나 양 무릎에 살짝 올려놓고, 혀끝을 입천장에 가볍게 붙인 상태에서 자연스럽고 깊고 고른 호흡을 하면서 마음과 기운을 단전에 주합니다. 여기서 단전은 배꼽에서 손가락 2~3마디 내려간 지점입니다. 이렇게 자연스럽게 호흡을 하면서 자신의 마음이 끌려가는 것을 봅니다.

이유 없는 강박관념 때문에 마음이 바쁜 사람도 있을 것이고, 어떤 특정한 일이나 사람에게 마음이 끌려가는 사람도 있을 것입니다. 이상하게 더 초조해지는 사람도 있을 것이고, 앉기 전에 하던 일에 마음이 끌려가는 사람도 있을 것입니다. 다리나 어깨, 허리 등이 아픈 곳에 마음이 쓰이는 사람도 있을 것이고, 해야 할 일로 마음이 끌려가는 사람도 있을 것입니다.

앉았을 때 마음이 어디에도 끌려가지 않고 들리는 대로 듣고, 느껴지는 대로 느낄 수 있는 사람은 몸과 마음을 움직일 때 있는 그대로의 세상을 볼 수가 있습니다.

하던 일을 멈추고 앉는 일, 그것이 바로 맘짱의 마음상태를 비춰 보는 거울입니다. 하루에 거울을 몇 번이나 보십니까? 하루에 한 번쯤은 맘짱의 마음을 비춰 보는 일, 하던 일을 멈추고 앉는 일을 시도해 보면 어떨까요?

짧은 답글

그런 적이 있었습니다. 눈을 감고 앉아 있으니 너무도 고요했습니다. 가끔씩 지나가는 차 소리가 들리고 바람소리가 들리는 듯도 했습니다. 그냥 그렇게 시간 가는 줄 모르고 앉아 있었지요. 옆에서 부를 때까지…… 그 평온함과 충만감에 환희로웠었는데…… 또 잊고 살고 있습니다. 잠들어 있던 제 마음을 흔들어 주셔서 감사합니다. 가끔씩 맘의 거울을 들여다보겠습니다. 맘짱 파이팅^^

－강연주

그림자
끌어안기

태풍이 지나간 후 아직도 그 피해로 고통받는 이웃들이 많이 있음에도 불구하고, 하늘은 무심하게도 너무 너무 맑고 쾌청합니다. 햇살이 깨끗하니까 그림자도 더 선명한 것 같습니다.

몇 년 전의 일입니다. 조카가 19개월이 되었을 때 태어나서 처음 보는 그림자를 보고 울음을 터뜨린 일이 있었습니다. 오랜만에 조카랑 관악산으로 나들이를 갔었는데, 멀리서 보니 잘 놀던 아이가 갑자기 바닥을 보면서 이리저리 심각하게 도망을 다니고 있었습니다.

가까이 가서 자세히 보니, 그림자가 자꾸만 자기를 따라다니는 것이 못마땅해서 이리저리 도망을 다니던 중이었습니다. 아무리 떼 놓으려 해도 자꾸 따라다니는 그림자를 못마땅하게 생각하며 가족들의 도움을 호소해 보지만 아무도 어쩔 수가 없었습니다.

빛 때문에 생긴 거라며 조카에게도 있고, 고모에게도 있고, 오빠에게도 있다며 새로운 개념인 '그림자'를 설명해 주었습니다. 하지만 어린 조카는 이해를 하지 못했습니다. 조카는 계속해서 앞으로 뒤로 이리저리 움직여 보며 그림자의 반응을 살펴보다가 결국에는 울음을 터뜨리고 말았습니다. 그림자를 보고 울음을 터뜨리는 어린 조카를 보면서 무슨 마음으로 우는 것인지 궁금해졌습니다. 발에 밟힐까 그러는 것인지, 자신과 똑같은 무엇인가가 존재한다는 사실이 싫은 것인지, 자신을 자꾸 따라다니는 존재에 대한 부자유 때문인지, 아니면 시커먼 그림자가 무서워서 그러는 것인지 어른들은 그 이유를 알 수가 없었습니다.

그 일로 가끔씩 사람에게 있어 그림자의 의미에 대해 궁금함이 가시질 않고 있었습니다. 그러던 조카를 일주일 만에 다시 만났을 때, 조카는 이미 자신의 그림자를 받아들이고 있었습니다. 이제는 땅에 깔리는 자기 그림자를 보며 불편해하거나 울지 않고, "이건 쭈쭈 그림자, 이건 고모 그림자" 하며 그림자를 객관적으로 바라볼 줄 아는 안목을 갖게 되었던 것입니다.

그런 조카의 모습을 지켜보며 또다시 궁금해졌습니다. 조카는 도대체 저 그림자를 어떻게 이해한 것일까? 아직 자기표현을 할 수 없는 어린아이에게 물어볼 수도 없고 정말 궁금한 일이었습니다.

그런데 책을 읽다가 우연히 니체의 '그림자' 개념을 접하게 되었습니다. 그에 의하면 인간은 자신의 인격에서 스스로 받아들이기 힘든 부분이 있다고 보고, 이 억압된 부분을 '우리 내부에 있는 야수' 또는 '그림자'라고 불렀습니다. 이 '야수' 혹은 '그림자'는 우리 안에 존재하는 인간 본성의 중요한 부분으로 '야성'을 뜻하며, 바로 인간 삶의 원동력이며 인간이 인간다울 수 있는 가장 중요한 근원이라고 했습니다.

이러한 니체의 '그림자' 개념을 그대로 수용한 융은 스스로 수용하기 어려운 자신의 '그림자'를 외부로 투사할 경우 위험하다고 보았습니다. 타인에 대한 견해를 흐리게 하고 객관적인 판단을 저해하기 때문입니다. 그러므로 사람들은 자신의 '그림자'를 자각하고 수용하여 자신의 인격 내에 통합하는 것이 매우 중요하다고 합니다.

그렇습니다. 모든 인간에게는 인정하기 싫고 납득하기 싫은 자신의 어떤 본성이 있습니다. 건강한 사람은 그것을 인정하기 때문에 자신뿐 아니라 타인에 대해서도 객관적으로 인식할 수 있습니다. 하지만 그렇지 못한 경우에는 자신마저도 자신을 알지 못하고, 타인에 대해서도 그릇된 판단을 하기 쉬워집니다.

그런 면에서 그림자를 인정하기 싫어하고 두려워하는 것은 조카보다 우리들이 더 심하다는 생각을 해 보았습니다. 자신을 직면하기 두렵기 때문에 그 그림자를 모른 척하거나, 알면서도 인정하지 않으려 하는 것입니다. ≪학문의 즐거움≫을 쓰신 히로나까 헤이스케 선생님은 건강한 삶을 위해 무엇이 '사실'이며 무엇이 '억측'인지를 분명히 분간하여 사실은 사실로서 있는 그대로 받아들여야 함을 지적해 줍니다. 내 안에 내가 인정하기 싫은 어떤 본성을 인정하기 시작할 때에만 이것을 고치고자 하는 의지가 생겨날 수 있기 때문입니다.

살아 있는 사람과 죽은 사람의 차이는 변화에 있다고 볼 수 있습니다. 나날이 허물을 벗고 성장하는 사람은 살아 있는 사람이고, 자신의 주견이나 편견에 갇혀 변화하지 않으려 하는 사람은 죽은 사람이나 마찬가지입니다.

의미는 약간 다르지만 어린 조카도 자신의 그림자를 이해하고 받아들일 줄 아는데, 나는 내 안의 그림자에 대해 얼마나 정직하게 직면하고 있는지 돌아보았습니다. 내가 인정하기 싫은 나의 약점이나 단점을 보고 아는 일이 중요할 것 같습니다. 그러고는 인정하는 일이 중요합니다.

있는 그대로의 나를 받아들이는 것입니다. 남과 비교할 수 없는 유일한 나에 대해서 직시하고 받아들이는 것입니다. 그렇게 인정한 다음에야 필요에 따라 극복하는 일이 가능해집니다.

우리 인간에게는 성장의 욕구가 있습니다. 어제보다 나은 나에 대한 본능이라고 할 수 있습니다. 어떻게 보면 성장은 모든 생명의 본능인 것 같습니다. 그 그림자를 있는 그대로 바라볼 수 있을 때, 그리고 그대로 인정할 수 있을 때, 극복에의 의지가 생겨나기 시작합니다. 그림자가 클수록 우리의 삶은 힘겹고 버거워질 가능성이 큽니다. 그림자를 완전히 없앨 수는 없지만, 크기를 줄일 수는 있습니다.

청명한 하늘을 볼 때마다, 선명하게 땅에 밟히는 내 그림자를 볼 때마다 니체의 '그림자' 개념을 떠올려 보면 어떨까요?

내 그림자는 어떻게 생겼는지, 어느 방향을 향해 뻗어 있는지, 얼마만한 크기로 존재하고 있는지, 세심하게 관찰하면서 지금부터 내 그림자 끌어안기, 크기 줄이기의 노력을 해 보면 어떨까요?

짧은 답글

그렇군요. 내가 지닌 그림자가 너무 크니까 다른 것이 보이지 않는군요. 남도 나와 똑같이 그림자를 가지고 있는데 내 그림자에 가리는군요. 그림자가 아픔일 수도, 욕망일 수도 있는 것 같아요. 아픔이라면 남도 똑같이 아픔을 가지고 있고 욕망이라면 그도 똑같을 터. 그저 내 앞만 캄캄하다고 하고 있으니……. 어찌 보면 남들에게 내 그림자가 더 크다고 자랑하고 있는지도 모르겠습니다.

^^ 박성기

혼자 걷는 일

수업을 받는 학생에게서 이메일 한 통이 왔습니다. 강단에 서서 강의를 하는 나의 모습을 보면 행복 그 자체라는 단어가 떠오른다며, 행복의 비법 한 수만 가르쳐 달라는 내용이었습니다. 그래서 그 학생에게 "혼자서, 오래, 그리고 많이 걸어라."는 비법을 전수했습니다.

언제부터인가 만나는 사람들에게서 "어쩌면 그렇게 늘 웃을 수 있느냐?", "어떻게 그렇게 행복해 보이느냐?"는 질문을 많이 받게 됩니다. 얼마 전부터 나 자신도 인식할 수 있을 만큼 분명히 그렇게 변했습니다. 항상 이렇게 살아왔던 것은 아니라는 말입니다. 몇 년 전의 특별한 경험을 통해서 삶의 전환점을 갖게 되었는데, 그 경험은 걷는 일에서 일어났습니다.

한때 여러 가지 이유로 하던 일을 그만두고 학교에서 강의만 하면서 1년간을 지내게 되었습니다. 거처할 곳을 포함한 여러 가지 어려움이 있었습니다. 일도 풀리지 않고 앞도 보이지 않는 데서 비롯된 답답함과 외로움과 괴로움이 뒤죽박죽되어서 내면 깊은 곳에서부터 이유를 알 수 없는 스트레스가 쌓여서 고여 가고 있었던 것입니다.

선명한 이유를 알 수 없으니 해결하지도 못하고, 꾹꾹 참으면서 힘겹게 살아가고 있었습니다. 그러던 중 누군가가 약속을 어기고 바람을 맞히는 바람에 그것이 계기가 되어 폭발을 해 버리고 말았습니다.

살다 보면 상대방이 조금 늦을 수도 있고, 때로는 약속 장소에 나타나지 못할 수도 있습니다. 그런데 그날은 이상하게도 감정적으로 복받쳐 오르면서 눈물이 흘렀습니다. 순간, 문제는 나타나지 않는 그 사람이 아니라 내면에 쌓여 가고 있는 그 무엇이라는 사실을 알아차렸습니다. 방으로 돌아오면 하루를 울어 버릴 것만 같아서 길을 나섰습니다. 무작정 걸었습니다. 방향을 알 수 없는 길을 목적지도 없이 무작정 걸었던 것입니다. 한참을 가다 보니, 비로소 전원풍경이 눈에 들어오기 시작했습니다. 농사를 짓고 계시는 분들이 눈에 들어오고 아름다운 자연이 눈에 들어오기 시작했습니다. 어느새 나는 도로를 벗어나 논밭을 지나고 산을 오르고 있었던 것입니다.

그러면서 뭔가 내면의 불필요한 생각들이 떨어져 나가기 시작했습니다. 생각이 스스로 정리되면서 그 자리가 기쁨과 평화로 채워지기 시작하는 것을 느낄 수 있었습니다. 몇 시간을 걸었을까요? 돌아오는 길에 나는 변화하기 시작했습니다. 있는 그대로의 나와 지금 전개되고 있는 현실의 의미를 깨닫게 된 것입니다. 그냥 있는 그대로를 바라보는 가운데 마음 깊은 곳에서부터 기쁨과 감사로 채워지기 시작했다는 말입니다. 불필요한 걱정과 답답함이 떨어져 나가면서, 그 대신 꼭 있어야 할 계획과 희망으로 마음이 밝아지고 있었던 것입니다.

그 순간 이후로 세상을 바라보는 시선이 바뀌기 시작하고, 삶을 대하는 태도가 조금씩 변하기 시작했습니다. 지금 생각해 보면, 그날의 그 경험은 어떤 계기에 불과했을 따름이었습니다. 그동안 삶에 대해, 나 자신에 대해 품어 왔던 일단의 의문에 대한 해답을 얻었다고 보는 편이 옳을 것입니다.

걷는 일은 그만큼 중요합니다. 예전에도 그랬지만, 그날 이후로 혼자 걷는 일을 아주 좋아합니다. 걷는 일에 투자하는 시간보다 걷는 일로 버는 시간이 훨씬 크다는 사실을 발견하게 되었기 때문입니다.

바쁠수록 시간을 내서 혼자 걷는 일이 필요합니다. '행복은 자신을 알고 세계를 알아서 조화로운 삶을 살아가는 가운데 느끼는 것'이라고 생각합니다. 깨달은 만큼 행복해지는 것입니다. 우리는 이미 깨달았고 완전한 존재입니다. 허망한 욕심과 고정관념, 편견과 선입견, 집착 그런 것들이 우리를 가로막을 따름입니다. 그렇기 때문에 되도록이면 헛된 욕망이 자신을 주도하지 않도록, 분노나 원망, 어리석음이 자신을 가리지 않도록 자신이 아닌 것을 덜어 내는 작업이 필요합니다.

혼자 걷는 일은 있는 그대로의 나와 세계를 식변하게 하는 일을 돕습니다. 혼자서 의식적인 생각을 놓아 버리고 자주 많이 걷다 보면 생각은 생각 스스로 정리되고, 두려움은 두려움 스스로 물러가고, 욕심은 욕심 스스로 떨어져 나가게 됩니다.

틱낫한 스님이 '걷기 명상'을 말씀하시는 것이나 원불교나 불교에서 '행선(걷는 선)'을 말씀하시는 것이 깊은 뜻이 있습니다. 사람들은 무엇이든지 쉽게 얻으려고 합니다. 삶을 직면해서 문제를 해결하며 살아가는 일은 분명 쉬운 일은 아닙니다. 하지만, 걷는 일은 그중에 쉬운 일에 듭니다.

걷는 일의 좋은 점에 대해서는 많은 성자들과 철인들이 언급해 왔습니다. 다비드 르 브르통은 ≪걷기 예찬≫에서 "걷는 것은 자신을 세계로 열어 놓는 것이다. 발로, 다리로, 몸으로 걸으면서 인간은 자신의 실존에 대한 행복한 감정을 되찾는다. 걷기는 어떤 정신상태, 세계 앞에서의 행복한 겸손, 현대의 기술과 이동 수단들에 대한 무관심, 사물에 대한 상대성의 감각을 전제로 한다. 그것은 근본적인 것에 대한 관심, 서두르지 않고 시간을 즐기는 센스를 새롭게 해 준다."며 걷는 일의 장점을 논리적으로 설명합니다.

히포크라테스는 걷는 운동이 두뇌회전에 가장 좋다고 하였으며 플라톤과 제자 아리스토텔레스는 학교 통로와 올리브 나무 그늘을 걸으면서 사색하고 수업을 했다고 해서 그들을 소요학파(逍遙學派)라 부릅니다. 뿐만 아니라 독일 하이델베르크에 가면 지금도 '철학자의 길'이 있는데 칸트 같은 철학자들이 그 길을 걸으면서 위대한 철학을 창조했기 때문이라고 합니다.

마음은 먹어 보지만, 쉽게 시간 내기는 어려운 일. 오늘 식후부터 혼자 걷는 일을 시도해 보면 어떨까요?

짧은 답글

글을 읽으면서 항상 느끼는 것이랍니다. 마음으로 전해 오는 따사로움, 그리고 공감입니다. 살아가면서 힘들고 지치고 버거워하는 가장 큰 이유를 항상 밖에서만 찾으려 하지만, 사실 내 안의 생각들이 엉켜 있기 때문이란 걸 또 확인해 봅니다. 맑고 드높은 하늘, 따사로운 햇살, 그리고 시원한 바람…… 좀 걸어 봐야겠네요. 주말에 아들이랑 산에 가야겠다는 욕심이 생깁니다.

－김은영

소망과 현실의
간격

어린 시절의 나는 소망과 현실의 간격이 없었습니다. 하고 싶은 것을 할 수 있었고, 결과와 상관없이 실험을 해 볼 수 있었습니다. 그만큼 삶이 단조로웠고, 부모님의 믿음과 사랑은 그런 삶을 가능하게 했습니다. 그러기에 때때로 좌절을 맛보기도 했지만, 스스로의 능력이 못 미친다는 것을 깨달을 때에는 주저 없이 포기하는 법도 어릴 때부터 터득할 수 있었습니다.

초등학교 시절, 멀리 바라보이던 산을 바라보면서 늘 저 산 뒤에는 어떤 세상의 어떤 사람들이 살고 있는지 궁금해했었습니다. 단순한 호기심으로 끝날 수도 있었지만, 6학년 때 급기야 친구들과 그 산을 넘어보기로 했습니다. 너무 궁금해서, 참을 수가 없어서 그냥 갔습니다. 알고 싶으면 알아내도록 행동을 단행했던 것입니다.

산을 바로 넘을 수는 없어서 우리는 산을 낀 도로를 따라 무작정 걸었습니다. 한참을 가서 산이 뒤에서 바라다 보일 때쯤, 우린 우리가 바라보던 산의 반대편 동네에 온 것을 알 수 있었습니다. 그런데 기대했던 것과는 달리 똑같은 사람, 똑같은 버스, 똑같은 토큰을 사용하는 것에 놀라워했었습니다. 산 반대쪽에도 우리와 똑같은 사람이 살고 있다는 너무 단순한 사실을 발견하고 의아해했던 것입니다. 그런데 가지고 있던 돈은 군것질하는 데 모두 써버리고, 집으로 가는 길이 너무 멀게 느껴져서 우리는 단 코스를 택했습니다. 산을 바로 넘어 버리는 것이었습니다.

초행길이었지만, 늘 보던 산이라 우린 그냥 넘었습니다. 아무 생각 없이 정상을 향해서 그냥 걸었습니다. 그런데 거기에서 우리와 생각이 비슷한 남학생들을 만났습니다. 어름과 머루 등을 따다 주던 남자애들이 얼마나 신기하고 고마웠는지 모릅니다. 몇 번이나 길을 잃을라치면 내려갔던 길도 마다않고 다시 올라와 길 안내를 해 주던 그들이었기 때문입니다.

그렇게 올라간 산에서 가시밭길, 돌길을 지나오느라 팔다리에 긁힌 상처란 상처는 쓰라릴 대로 쓰라리고, 배고프고, 춥고……. 어두워서야 집에 돌아온 우리는 너무 지쳐 있었습니다. 하지만, 좋았습니다. 궁금한 것을 해결했기 때문입니다. 언제나 막연한 호기심으로 산을 올려다볼 때마다 궁금했던 것들이 완전히 해결이 되었기 때문입니다.

뿐만이 아닙니다. 어린 시절, 남자 아이들은 서서 오줌을 싸고, 여자 아이들은 앉아서 오줌을 싸는 일도 이해가 가지 않았습니다. 언덕에서 시원하게 볼일을 보는 남동생을 보면서, '여자도 서서 볼일을 보면 어떨까?' 하는 생각에 미쳐서 직접 실험을 해 보았습니다. 언덕에 혼자 서서 아무도 없을 때 한 번 볼일을 봤습니다. 불편했습니다. 그 이후로는 한 번도 서서 볼일 보는 일에 대해 생각해 본 적이 없습니다. 궁금하고 해 보고 싶은 일은 해 볼 수 있었습니다. 때문에 '언제나 밝고 명랑한 아이'일 수 있었습니다. 하지만, 나이를 먹어 감에 따라 한계에 부딪히게 되고 구속을 경험하게 되었습니다. 한편으로는 스스로의 자제력도 생겼습니다.

언젠가 행복과 고통의 크기에 대해 진지하게 분석해 본 적이 있습니다. 그리고는 나름대로의 결론을 얻은 것이 '행복과 고통의 크기는 원하는 상태와 현실적 상태와의 괴리의 크기에 비례한다.'는 것입니다. 원하는 것과 현실 즉, 이상과 현실의 괴리가 적으면 적을수록 행복하고, 이상과 현실의 괴리가 크면 클수록 고통스럽다는 것입니다. 그러니까 행복과 고통, 이상과 현실 사이에 중요한 함수관계가 성립한다는 것입니다. 그러므로 스스로의 이상이 무엇인지, 현실이 어떤 상태인지를 잘 아는 것이 행복과 고통의 문제를 해결하는 중요한 관건이 됩니다.

소망과 현실의 간격이 바로 고통과 행복의 크기를 결정합니다. 이런 함수관계에 의하면 행복은 소망을 줄여서 현실과 조화를 이루든지, 노력해서 현실을 소망에 부합시키든지 함으로써 얻어 갈 수 있습니다. 그리고 고통은 그 반대로 현실에 비해 소망이 너무 크든지 소망에 비해 현실이 너무 작든지 하면 발생합니다. 그러기에 행복을 꿈꾸는 사람이라면 소망과 현실을 조절할 수 있는 지혜와 실천력이 필요하다고 볼 수 있습니다.

원불교 창시자이신 소태산 대종사님께서도 행복을 버리고 고통으로 들어가는 원인을 '고통과 행복의 근원을 알지 못하는 것과 안다 하더라도 실행이 없는 까닭'으로 밝혀 주셨습니다.

행복은 우선 본인이 원하는 이상이 무엇인지, 무엇이 고통이 되고 행복이 되는지를 안 후에, 실천력으로 소망과 현실의 간격을 줄이는 가운데 얻어질 수 있는 것 같습니다. 여러 가지 여행이 있겠지만, 자신을 찾아 떠나는 여행을 통해 소망과 현실의 간격을 좁힘으로써 행복으로 바짝 다가가시길 바랍니다.

짧은 답글

현실과 이상의 간격, 그것이 바로 인간이 희망을 가지고 살 수 있는 동인이라고 생각합니다. 아무런 희망이 없는 사람은 시체와 같지요. 그저 그렇게 하루하루 살아가는 사람, 결국 자살이라는 방법을 택하기도 하지요. 실현 불가능한 이상을 꿈꾸는 사람도 있겠지만, 한편 달리 보면 과거 시점에서 불가능해 보였던 것들이 지금 실현되어 있는 것들이 많이 있습니다. 행복이란 자신의 현재 상황을 어떻게 받아들이고 행동하느냐에 달려 있는 것이지 현재 상황의 절대적 판단기준은 없다고 봅니다. 실패 속에서도 성공의 희망을 안고 사는 사람이 있는가 하면 성공 속에서도 불만족하며 사는 사람도 있으니까요. 결국 모든 것은 마음에 달린 것이겠지만, 가만히 앉아서 감나무의 감이 떨어지기만 기다리는 것이 행복은 아닐 것입니다.

－장순철

비교하지 않고, 눈치보지 말고

요즘 직장인들은 정신을 차리기 힘들다고 합니다. 얼마 전에는 ≪아침형 인간≫이란 책이 인기를 얻으면서 아침에 일찍 일어나야 하는 생활패턴으로의 변화를 강요받았는데, 또 다시 ≪정리형 인간≫이란 책이 주목을 받게 되면서 깔끔마저 떨어야 하게 됐기 때문입니다. 일이 이렇게 되다 보니 '아침 눈치형 인간'도 등장한다고 합니다. 본인은 원래 그런 유형의 인간이 아닌데, 남들이 하니까 어쩔 수 없이 아무런 목적의식이나 삶의 리듬과 상관없이 아침에 어정쩡하게 일찍 출근을 해야 하는 유형입니다.

이러한 일련의 유행과 상황을 지켜보면서, '정말 왜 우리가 이렇게 살아야 하는가?', '다양성과 개성이 빛나야 할 이 시대에 왜 우리는 몇 가지의 인간형에 가치를 부여하고 그런 유형의 인간이 되기를 강요받으며 살아야 하는가?' 하는 의문이 들었습니다.

그것은 아마도 현대인들의 마음이 자꾸만 약해지기 때문이 아닐까 합니다. 자신의 가치관이 뚜렷하고 어떻게 살아야 하는지에 관해 어떤 일가견을 갖게 된다면 자신의 고유한 리듬으로 인생을 훌륭하게 가꿔 나갈 수 있을 텐데, 관심이 늘 바깥을 향해 있으니 류를 짓고 가치를 부여하고 결국 거기에서 밀려나지 않으려 안간힘을 쓸 수밖에 없는 것이 아닌가 하는 것입니다.

우리는 무엇보다 고유한 자신을 알아야 할 것 같습니다. 인연이나 지은 바나, 가야 할 길이 다른 각자에 대해서 눈을 떠야 한다는 것입니다. "나는 왜 너가 아니고 나인가?" 하는 인디언 추장의 의미심장한 물음이 떠오릅니다. 내가 나일 수밖에 없는 이유를 알아서 그 나를 알고 사랑하고 실현하는 일이 얼마나 중요한 일인시 모릅니다.

석지현 스님은 ≪선≫이라는 책에서 "선은 나를 찾아 떠나는 길이다. 가능하면 매일 매일 좌선의 자세로 앉아 보라. 그대의 의식은 비로소 그대 자신의 내면을 보게 될 것이다. 그리하여 남의 장단이 아닌 그대 자신의 가락에 맞는 춤을 추게 될 것이다."며 자신의 길을 발견하고 자신의 모습으로 살아가는 것을 자신의 가락에 맞는 춤으로 표현을 하고 있습니다.

그러기에 우리는 일분일각이라도 어떤 틀의 인간형을 설정하고 거기에 맞출까 말까 고민하기보다는 자신의 내면을 들여다보고 고유한 자신에 대해 눈뜨는 일에 관심을 기울여야 할 것 같습니다.

'천상천하에 유아독존 한 내'가 될 수 있을 때, 우리는 비로소 '천상천하에 유아독존 한 너'를 인정할 수 있기 때문입니다. 세계적인 바이

올린이나 세계적인 명품은 똑같은 것이 없습니다. 어떤 것이 좋다고 그것을 두 개 이상 또는 여러 개를 만들어 버리면 이미 유일한 가치를 잃어버리게 되기 때문입니다. 그것은 '나대로의 창조적 아름다움'을 상실했기 때문입니다.

산을 찾는 이유를 생각해 봅니다. 제각각의 색깔과 제각각의 향기로 서로 다른 듯이 서 있지만, 하나의 장관을 연출하는 이유를. 그것은 서로 다른 나무와 풀과 꽃들의 식물과 새와 다람쥐, 벌과 나비 등의 동물과 돌과 물과 하늘과 땅이라는 자연이 모두 있는 그대로인 '나대로의 최선의 모습으로 공존'하기 때문일 것입니다. 한 나무에 피는 꽃들도 자세히 살펴보면 서로 다른 얼굴을 하고 있습니다. 높이 솟아 있거나 많다고 해서 닮으라고 강요하지 않고, 기름진 토양이나 척박한 바위틈이나 불평하지 않고, 서로 다른 상황에서 자기대로의 최선인 상태로 아름다운 공존을 이뤄 내고 있습니다.

뿐만이 아닙니다. 산에 있는 모든 것들이 잠시도 머무르거나 게으르지 않고 끊임없이 변화합니다. 인연 따라, 상황 따라 '나대로의 최선'을 다하는 것입니다. 비교하지 않고, 눈치 보지 않고, 고집하지 않고 '나다움'을 찾아서 '내가 할 수 있는 최선'을 다해 거듭나는 것입니다. 그러기에 우리는 산을 찾을 때마다 항상 새로움을 느끼고, 감동을 받고, 다시 가고 싶은 그리움을 간직하며 살아갈 수 있는 것 같습니다.

　요즘처럼 다양한 개성을 가진 우리들이 우리 고유의 가치를 뒤로한 채, 아침형 인간이 최선이다, 정리형 인간이 최선이다, 느림보형이 최선이다 등등의 정형화된 인간형을 선호하고 뒤쫓다 보면 우리의 창조적 아름다움을 상실한 채, 영원히 부족하고 급급한 인간으로 살아갈지도 모릅니다.

마음에 힘이 없으면, 유행에 민감해질 수밖에 없습니다. 유행이란 많은 사람들이 함께하는 흐름과 같은 의미이니까 말입니다. 누가 동의해 주지 않아도 꿋꿋하게 살아갈 수 있는 자신의 삶을 찾는 일, 이 시대 우리에게 시급한 과제가 아닐까 합니다.

깨달은 만큼 행복할 수 있습니다. 고유한 자신을 알고, 삶의 진실에 눈뜨면 뜰수록 불필요한 걱정이나 두려움이 사라지기 때문입니다. 세상에서 어떤 인간형을 선호하든 말든 흉내 내지 말고, 눈치 보지 말고, 꿋꿋하게 자신의 방식을 지켜 가며 행복하시길 바랍니다.

짧은 답글

세상이 참 빠르게 변하고 있습니다. 변화에 능하게 대응하자면 스스로 자신을 존경하고 사랑해야 합니다. 천상천하유아독존이기 때문입니다. 우리는 우리를 좋아하고, 현재의 우리 자신을 좋아할 뿐만 아니라 우리의 잠재력과 신비스러움을 좋아하며, 우리가 세상에서 가장 특이한 존재라는 것을 자각한다면 우리 자신이 아닌 것이 되기를 원치 않게 됩니다. 자신을 사랑하고 존경합시다. 여러분 모두를 사랑합니다.

　　　　　　　　　　　　　　　　　　　　　　　　　　　　　－사랑의 기원

화를 내니?
나는 정신 차리고 낸다

화를 내지 않고 행복하게 살아갈 수는 없을까요?

서른을 넘기면서 사회적으로나 가정적으로 의무와 책임이 커져 가는 까닭인지, 이십 대에는 크게 문제 삼지 않아도 되었던 '화'라는 감정이 새삼스럽게 다스려야 할 어떤 절실한 문제로 와 닿기 시작합니다.

자상하기만 하던 남편이 화를 내기 시작하고, '미운 일곱'이라는 말도 옛 말, '고운 세 살, 죽일 일곱 살'이라는 말이 생길 정도로 아이들도 내 뜻대로 따라 주지 않습니다. 해도 해도 끝없는 가사와 육아의 노동에서는 벗어날 기미가 보이지 않고, 직장에서마저 치열해진 경쟁은 그 끝을 알 수가 없습니다. 상황이 이렇다 보니 누적된 피로와 갈등들을 해소시키지 못하고 너나 할 것 없이 마음 한 구석에 뜨거운 불덩이를 키우며 살아가게 됩니다.

분명히 이렇게 살자고 살아가는 것이 아닌데, 자꾸만 화가 나고, 화를 내고, 그 내버린 화 때문에 다시 상처받는 일이 잦아지고 있습니다. 이

쯤 되면 '화를 다스리는 일'은 머리 깎은 수도승에게나 필요한 일이 아니라, 이 시대에서 일하고 사랑하는 대다수의 사람들, 바로 '우리'의 문제, 아니 '나 자신'의 문제임을 인정할 수밖에 없어집니다.

정말 화를 내지 않고 행복하게 살아갈 수는 없을까요?

먼저 말씀드리자면, '화를 다스리는 묘한 영약', 말하자면 '힘들이지 않고 쉽고 빠르게 화를 다스릴 수 있는 방법'은 없습니다. 왜냐하면 분출이 될 때에는 '화'라고 하는 단편적인 감정으로 표현되지만, 그 근원은 인간의 기본적인 한계라고 할 수 있는 '욕심과 집착, 어리석음'에 단단히 뿌리박고 있기 때문입니다.

화를 낸 경험을 떠올려 보세요.

어떨 때 화가 나던가요? 누구에게 화를 많이 내는가요? 나에게 손해를 입힐 때나 불편을 끼칠 때 화가 나고, 내 맘대로 되지 않을 때나 시키는 대로 하지 않을 때 화가 납니다. 낯선 사람보다는 가까이 있는 사람, 무관심한 사람보다는 아끼는 사람에게 더 많이 화를 내게 됩니다.

'나'라고 하는 것, '나에게 속한다고 생각되는 것'은 손해를 봐서도 안 되고, 불편해서도 안 되고, 무시당해도 안 된다는 '욕심' 때문에 화를 내게 되고, 기대하는 것이 있고 바라는 것 대한 '집착'이 있을 때 화를 내게 됩니다. 그것은 곧 세상을 자기중심적인 입장에서 바라보고 자기 뜻대로 하려는 '어리석음' 때문에 화를 내게 된다는 말입니다.

결국 '화를 다스리는 일'은 자기중심적인 '욕심과 집착', 자기 뜻대로만 하려는 '어리석음'을 다스리는 일과 밀접하게 관련되어 있습니다. '욕심과 집착, 어리석음'을 하루아침에 날려 버릴 묘한 방법은 없습니다. 그렇기 때문에 '화를 다스리는 묘한 영약'에 대한 기대는 금물입니다.

우리는 단지 하루하루의 일상생활 속에서 '욕심과 집착, 어리석음'에 끌리거나 가리지 않도록 '정신 차리는 일', '깨어 있는 일', 말하자면 '온전한 생각으로 취사하는 일'에 최선을 다할 따름입니다.

매 순간 판단하고 선택하고 행동을 할 때마다 정신 차리고 깨어서 "내 욕심은 아닌가? 미처 내가 헤아리지 못한 것은 없는가? 너무 내 고

집만 피우는 것은 아닌가? 정말 중요한 것이 무엇인가? 이것이 최선인가? 이 일이 지금 내게 일어나는 깊은 뜻이 무엇일까?" 하는 겸허한 물음을 스스로에게 던지며 노력하며 살아 나갈 따름입니다.

마하트마 간디는 말합니다. "당신은 화를 낼 자격이 없다. 그리고 당신에게 잘못이 없다면 화를 낼 이유가 없다." 그는 화를 근본적으로 부정하고 있으며, 화 대신에 평화와 사랑, 봉사와 헌신을 강조합니다.

기본적으로 화는 안 나는 것이 최선이고, 이미 나 버린 화는 잘 내는 것이 차선이라 할 수 있습니다.

자기중심적인 욕심이나 집착, 어리석음에서 벗어나기만 한다면 자연 속의 금수초목이 아름다운 공존을 이뤄 내듯이 우리도 화를 내지 않고 만나는 모든 인연들과 함께 행복하게 살아갈 수 있게 될 것입니다. 연민이나 안타까움이라면 모를까 적어도 화는 나지 않을 것이기 때문입니다.

그렇다면 이미 나 버린 화는 어떻게 해야 할까요?

화가 나면 일단 멈추어야 합니다. 그때 말을 하면 안 됩니다. 일단 멈추고 자기 배꼽에서 2~3치 아래에 있는 단전에 마음과 기운을 모으며 깊고 고르게 호흡하면서 멈추는 것입니다. 참고로 멈추는 힘을 갖추기 위해 잠자기 직전이나 잠에서 깬 직후에 단전주 좌선을 연습하는 것이 도움이 됩니다. 멈춘 다음에는 정신 차리고 일어난 화를 직면하는 것입니다. 화가 일어난 사실을 인식하고, 그 화가 일어난 실제적인 원인을 세심하게 들여다보는 것입니다.

불필요한 주변감정들로 왜곡되지 않은 화의 사실적 요인을 정신 차리고 바라보게 되면 그때 비로소 화를 다스릴 수 있게 됩니다. 화가 나를 지배하는 것이 아니라, 내가 화를 다스리게 되는 것입니다.

때때로 화의 원인이 나의 과한 욕심이나 이기심, 지나친 기대나 보상심리, 허영심인 경우가 있고, 실제로 상대의 실수나 잘못인 경우도 있습니다. 전자의 경우는 들여다보기만 해도 스스로 가라앉고, 후자의 경우에는 내 잘못이 아님이 명백해졌기 때문에 여유 있게 대처할 수 있게 됩니다. 이처럼 화를 다스리는 일은 마치 엉킨 매듭을 풀어 주는 것과 같습니다. 매듭이 풀리는 것처럼 화도 사라집니다.

쉬운 일은 없습니다. 그러기에 화를 다스리는 일 또한 쉽지는 않습니다. 화를 다스리는 일은 어렵지만 가치 있는 일에 속합니다. 왜냐하면 화가 풀리면 인생도 풀리기 때문입니다. 인생이 원활하게 굴러가는 것, 그것이 우리가 바라는 진정한 행복 아닐까요?

짧은 답글

공감되는 글입니다. 화를 내어 보기도 했고, 인내할 수 있는 한계가 어디까지인가 하고 참아 본 적도 있습니다. 화를 냈다고 후련하게 풀리는 것은 아무것도 없고 오히려 항상 후회스러웠습니다. 원인에 대한 대화나 해결 방법을 모색하지 않고 언제까지 참아 내기만 한다는 것도 또한 문제가 있다고 생각합니다. 이제 세월이 흐르고 학교에 다니는 것으로 저는 일단 돌파구를 찾은 셈입니다. 단전주로 내면을 깊게 단련할 수 있었으면 좋겠습니다. 감사합니다.

- 김혜겸

사람이 꽃보다
아름다워

꽃을 볼 때마다 궁금한 것이 있는데 왜 사람들은 꽃을 보면 다들 좋아할까요? 사실 꽃을 보면서 찡그리는 사람이나 화를 내는 사람은 없습니다. 꽃을 보면 마음이 환해지고 밝아집니다. 왜 그럴까요?

아마도 꽃은 언제나 웃고 있기 때문이 아닐까 하고 생각해 봤습니다. 꽃이 환하게 웃고 있으니까 그것을 보면서 자신들도 모르게 마음이 환해지고, 웃게 되는 것이 아닐까 하는 겁니다. 가까운 들판에 나가서 자연 속을 한번 걸어 보세요. 이름조차 알 수 없는 소박한 꽃들이 사람을 얼마나 행복하게 하는지를 직접 느낄 수 있을 것입니다.

그런데 꽃보다 더 아름다운 것이 있습니다. 무엇일까요? 바로 웃는 얼굴입니다. 사람의 웃는 얼굴은 봄꽃보다 아름답습니다. 욕심 없는 웃음, 가식 없는 웃음, 맑은 웃음, 밝은 웃음을 가진 얼굴을 보면 꽃보다 아름답게 느껴집니다. 때 묻지 않은 어린아이들의 웃음이 그러하고, 순수하고 평화로운 어른의 웃음이 그러합니다.

이미지 메이커 정연아 님의 ≪성공하는 사람에겐 표정이 있다≫라는 책을 보면, 첫인상이 결정되는 시간은 6초 정도라고 합니다. 그리고 그 첫인상을 결정하는 데에도 외모, 표정, 제스처가 80%를 차지하고, 목소리의 톤, 말하는 방법이 13% 그리고 나머지 7%가 인격이라고 합니다. 실제로 첫인상에서 인격은 제한적으로 작용하고, 상대적으로 외모와 표정과 제스처가 상당히 높은 비율을 차지하는 것을 알 수 있습니다. 웃는 얼굴이 상대에게 얼마나 크게 작용할 수 있는지 쉽게 생각해 볼 수 있을 것입니다.

웃는 얼굴을 보는 일은 예쁜 꽃을 보는 것만큼이나 또는 그 이상 기분 좋은 일입니다. 그렇다면 어떻게 웃는 얼굴을 간직할 수 있을까요?

시대가 많이 변해서 최고의 배우자의 조건으로 신체적 건강, 경제적 능력 외에 유머감각을 꼽는다고 합니다. 하지만, 보기만 해도 기분 좋은 웃는 얼굴은 유머감각과는 또 다른 무엇이 살아 있는 얼굴입니다.

느낌과 감성이 살아 있고 행복을 발견할 줄 아는 사람들이 가지고 있을 법한 생생한 웃음, 바로 지금 여기에 온통 깨어 있어서 과거나 미래의 후회나 불안감이 사라진 사람에게서 우러나오는 지혜로운 웃음, 이해관계에 초연하고 가식이나 과장이 사라진 사람에게서 보이는 진실한 웃음, 자기 집착을 벗어나 널리 사람을 배려하고 생명을 사랑하는 사람에게서 느낄 수 있는 따뜻한 웃음 등. 이러한 웃음을 간직한 얼굴에서 우리는 진한 감동을 받게 됩니다.

언젠가 방글라데시에서 온 스님 한 분을 만났는데 그분의 고요하고 평화로운 미소가 가슴에 진한 감동을 안겨 주었습니다. 뒷날 이야기를 듣고 보니 불교학으로 유명한 인도 나란다 대학에서 불교학 박사학위 과정을 마친 후, 학위나 세속적 명성과 명예를 멀리하고 숲으로 들어가 수행적공해서 20여 권의 책을 저술하며 오직 제자를 가르치는 일에 헌신하고 계신 분이라고 했습니다. 또 한번은 원성스님 그림전시회에서 그분의 환한 웃음에서도 감동을 받았습니다. 그림 속의 동승과 자신을 혼동하지 말아 달라는 스님이지만, 감성이 살아 있는 맑은 웃음을 간직한 분이었던 것 같습니다.

뿐만이 아닙니다. 찾아보면 가까이에서도 발견할 수 있습니다. 마음 같아서는 모두들 매일 보는 거울 속에서 발견할 수 있었으면 합니다. 이 세상 모든 사람들의 얼굴이 모두 웃는 얼굴이었으면 하는 것입니다. 그렇게 웃을 수 있으려면 그런 웃음을 웃을 수 있도록 삶이 굴러가야 합니다.

내 방식대로 세상을 움직이려는 과한 욕심을 떨쳐 버리고, 인연의 이치에 따라 될 일은 되고 안 될 일은 안 된다는 넉넉한 심경으로 진인사 대천명의 심경으로 살아간다면 가능한 일이 아닐까 합니다. 바로 지금 이 순간에 온전하게 깨어서 단지 행하기만 한다면 어느새 근심 걱정은 사라지고 얼굴에 환한 미소가 가득하게 될 것입니다.

웃음!
마음이 살아 있음을 알리는 신호이자 몸을 살리는 명약입니다. 쓸데

없는 근심·걱정을 떨쳐 버리고, 부질없는 욕심·집착을 놓아 버리고, 바로 지금 이 순간 환한 얼굴로 웃어 볼까요? 사람이 꽃보다 아름답습니다.

짧은 답글

진인사 대천명. 언제나 마음속에 품고 사는 말입니다. 삶을 가꾸고 그 가운데 만족과 행복을 느끼며 상생의 길을 웃음으로 가는 것. 참 행복하리라 여겨집니다.

− 유성남(성원)

스쳐간 인연들은
모두 은인이었다

아름다운 계절일수록 우울하다는 사람들이 있습니다. 꽃이 좋고 날씨가 좋아지면 반대로 어디로든 떠나고 싶은데 그럴 수 없는 여건 때문에 괴로운 사람, 눈부시게 좋은 계절을 사랑하는 사람과 함께 보내고 싶은데 뜻대로 되지 않기 때문이라는 것입니다.

얼마 전에 초등학교 6학년 때 선생님께 ≪일상을 여행처럼≫이라는 책을 선물했습니다. 졸업한 지 20여 년이 되었고, 중간에 특별히 연락을 드린 적은 없었습니다. 단지 학창시절을 함께했던 선생님들 가운데 성함을 기억할 수 있는 두 분 중의 한 분이셨습니다. 책을 출판하고 보니, 새삼스럽게 옛 인연들이 소중하게 와 닿아서 책을 부쳐드리려고 인터넷을 검색해서 선생님 계신 곳을 알아내고, 다음과 같은 편지를 써서 책과 함께 보내드렸습니다. "선생님, 제가 벌써 서른일곱 살이 되었고, 어린 시절의 꿈이었던 책을 출판하는 저자가 되었어요. 20여 년 전 제자가 선생님을 기억하며 이것을 부쳐드립니다. 다른 선생님들께 자랑하면서 선물하세요."라고 말입니다.

며칠 후 선생님께 전화가 왔는데, 선생님은 저를 분명히 기억하고 계셨습니다. 선생님께는 '선생님을 감동시키는 아이'로 남아 있었던 것입니다. 고2 때 스승의 날이라며 빨간 장미 한 송이를 들고 선생님을 찾아왔었다고 합니다. 그때의 그 빨간 장미는 선생님 가슴속에 진하게 남아서 평생 잊지 못하실 거라고 하시면서 어릴 때의 나에 대해서 여러 가지 말씀을 해 주셨습니다.

초등학교 때에는 쉬는 시간이면 조금이라도 더 놀려고 시간을 아끼기 위해 문으로 다니지 않고 창문을 넘어 운동장으로 나가서 노는가 하면, 호기심도 많고, 의협심도 강해서 선생님을 당황하게 한 적도 많았습니다. 하지만 선생님은 그런 나를 한 번도 혼내지 않고, 기죽이지 않고, 정말 내 눈높이에 맞춰서 좋은 상담자가 되어 주시고, 친구처럼, 선생님처럼 지도를 해 주셨습니다.

선생님과 통화를 하면서 크게 내세울 것 없는 나라고 해도 지금의 내가 있기까지에는 그런 선생님들의 관심과 사랑이 있었기에 가능하구나 하는 새삼스러운 고마움에 가슴이 뭉클하고 콧날이 찡긋해 왔습니다.

그리고 보니 정말 한 송이 국화꽃을 피우기 위해 봄부터 소쩍새가 울고, 천둥이 치고, 무서리가 그리 내리듯 우리들 모두는 많은 일들을 겪으며 수많은 은인들 속에 성장하는구나 하는 생각이 들었습니다.

초등학교의 그 선생님뿐이 아닙니다. 집에서는 부모님, 언니, 동생, 학교에서는 선생님들, 원불교에서의 교무님, 사감님, 교수님, 선배님……. 예전엔 미처 몰랐지만, 나를 스쳐간 수많은 인연들의 따뜻한 관심과 염려와 기대와 사랑 속에 보고 듣고 배우고 하면서 지금까지 삶의 어렵고 힘든 부분들을 극복하며 살아올 수 있었습니다. 내가 잘나서 내 힘으로 살아온 것 같지만, 그 많은 은인들의 은혜와 사랑으로 지금의 삶이 가능하다는 것입니다.

사랑해 준 인연 못지않게 사랑해 주지 않은 인연도 은인이었습니다. 상처를 주고, 아픔을 주고, 외로움을 주고, 괴로움을 준 인연 또한 은인이기는 마찬가지입니다.

좀 유치해 보이지만 감수성이 예민할 고등학교시절의 이야기입니다. 나는 어릴 때부터 예쁜 줄 알고 자라 왔습니다. 동네 어른들께서 늘 '예쁜이'라고 부르셨기 때문입니다. 그렇게 쭉 어린시절을 예쁜 줄로 착각하고 살아오다가 드디어 고3 대입고시 후 첫 시련이 왔습니다. 그때만 해도 우리학교 분위기가 그래서 그랬는지, 원불교학과를 오면 속세와는 영원한 이별이라 생각해서 그랬는지, 어쨌건 당시 유행하던 소개팅을 나가게 되었습니다. 그런데 거기에서 만난 두 남학생 모두 함께 나간 친구에게만 시선을 뺏길 뿐 나에게는 별 관심을 보이지 않고, 어떻게 하면 그 친구의 호감을 살 것인지에만 관심이 있었습니다.

세상에 어떻게 이런 일이! 잔뜩 기대하고 나간 소개팅에서 외모 때문에 좌절해야 하다니! 얼마나 속이 상하고 충격을 받았는지. 뒷날 그때의 일기장을 보신 어머니께서도 그 남학생들의 안부를 물으실 정도이니 얼마나 상처를 받았는지는 알 만합니다. 그때 그 사건 이후로 외모(外貌)

로 사람을 한눈에 사로잡을 수 없다는 사실을 인식하게 되었습니다. 대
신 성격이 좋거나 지혜롭거나 유머감각 등의 내모(內貌)로 승부를 내야
한다는 현실인식을 하게 된 것입니다. 그때는 속이 상했지만, 정신을 차

릴 수 있게 된 것입니다.

뒷날, 사람을 사랑하게도 되고 사랑을 받아보기도 하면서 그 뜻대로 되지 않는 사랑 때문에 울기도 했었습니다. 밤을 새워 울고 난 뒤에야,

사랑 때문에 잠 못 드는 청춘들의 아픔과 괴로움을 이해하게 되었고, 그런 사람들이 있다는 사실을 비로소 인식하게 되었습니다.

작은 나를 벗어나 큰 나가 되어 가는 과정에 접어들 수 있게 된 것입니다. 그 뜻대로 되지 않는 상대의 마음 앞에 무력한 나의 오만을 발견하면서 겸허함을 익히게 되었고, 타인의 아픔과 외로움, 그리움을 이해해 줄 수 있는 마음이 커짐을 발견하게 되었습니다.

어떤 이유에서든 우리는 살아가면서 사람으로 인해서 크고 작은 갈등들을 경험하게 됩니다. 그런데 지나고 보니, 그 과정들을 통해서 나를 알게 되고, 세상을 알게 되고, 삶의 진실에 대해서 눈을 뜨게 되었던 것 같습니다. 사랑해 준 사람도 은인이지만, 사랑해 주지 않는 사람도 은인이었던 것입니다. 아픔을 달래 주며 그렇게, 아픔을 주며 그렇게, 사랑받으나 넘치지 않게, 아파하되 다시 일어설 수 있게 말입니다.

사람은 사랑을 받으며 성장하기도 하지만, 그것만으로는 부족합니다. 사랑만 받고 살면 웃자란 보리처럼, 온상의 화초처럼 시련에 약하고 넓은 세상과 사람에 대한 이해가 부족하기 쉽습니다. 이기적이고 자기중심적이 되기 쉬워진다는 말입니다. 그런 사람에게서 우리는 좋은 사람의 향기를 기대하기 어렵습니다. 사람은 고통과 시련을 겪으면서 깊고 넓게 성장하기 때문입니다.

결국 사랑을 준 인연, 사랑하여 주지 않은 인연, 스쳐간 인연들은 모두 은인이었습니다. 한 송이 국화꽃을 피우기 위해 봄부터 울어 주던 소쩍새, 천둥, 무서리였던 것입니다.

요즘처럼 좋은 계절에 옆구리가 시리다 한탄만 하지 말고, 그 스쳐간 인연들, 키워 주고 성장시켜 준 은인들을 떠올려 보면 어떨까요? 안부의 편지라도, 휴대폰 문자라도 한번 보내 보면 어떨까요?

　어릴 땐 철이 없어서 잘 몰랐지만, 덕분에 이렇게 성장하고 있다고, 고마웠었노라고. 그때 잘 몰라서 잘못한 것이 있거나 괴롭힌 것이 있다면 널리 용서를 바란다고 말입니다.

짧은 답글

가끔 보내 주시는 글들이 얼마나 감동스럽고, 그동안 잊어 가고 있었던 것들에 대한 깨달음을 주시는지 모르겠습니다. 모든 인연늘이 은인이지요? 가끔은 나에서 아픔을 준 인연을 많이 원망했습니다. 그리고 미워하기도 하고 똑같이 해 주려는 생각도 해 보고. 너무 자기중심적인 생각이죠? 님의 글을 보니 저는 웃자란 보리나 온상의 화초처럼 약하고 이기적인 사람이었다는 깨달았습니다. 감사합니다. 이젠 그런 인연들에 대해 감사의 마음을 가져 볼까요?

－이현경

끈이
닿아 있어

아침에 산책을 하면서 나무들의 아침을 보는 것은 정말 큰 기쁨입니다. 안개가 끼면 안개가 낀 대로, 맑으면 맑은 대로, 비가 내리면 비가 내리는 대로 또 다른 모습의 나무와 꽃과 신록들을 보면서 계절의 정취에 푹 잠겨 보게 됩니다.

얼마 전에 잡목제거 작업을 하다 보니 잘라진 나뭇가지의 어린 새순들에게 미안하기도 하고, 신록이 꽃보다 덜하지 않다 싶어서 그 가지들을 주워서 집으로 가지고 왔습니다. 연두 빛 싹들이 가지에 가득 자라서 싱싱한 아름다움을 안겨 주리라 상상하면서 말입니다.

매일 물을 갈아 줄 때마다 적지 않은 물을 빨아들이며 자라나는 그것들이 신기하기도 하고, 기특하기도 하면서 그렇게 계속 자란다면 어떤 모습이 될까 상상하는 기쁨이 컸습니다. 하지만 하루, 이틀, 한 달이 지나면서 예상과 달리 몇 개의 싹들만 살아남고 나머지는 시들어 말라 버리는 것을 발견하게 되었습니다.

왜 그랬을까요? 그것은 바로 꺾어진 것의 한계였습니다. 아무리 매일 물을 갈아 주어도 깊게 땅에 뿌리박은 원래 가지에서 떨어져 나온 것의 생명력의 한계였던 것입니다. 식물은 땅에 뿌리를 박고 삽니다. 꺾어진 나뭇가지는 땅에 뿌리를 박은 나무의 생명력을 잃어버렸기 때문에 더 이상 쭉쭉 자라날 수 없었던 것입니다. 끈이 떨어진 것이었습니다.

또 얼마 전에는 동창 교무님들과 함께 청와대에서 선물 받은 녹차를 함께 마시게 되었습니다. 포장부터 예사롭지 않았습니다. 봉황장식이 붙어 있는 나무상자에 담겨 있었기 때문입니다. 그것을 보며 한 교무님께서 "순영교무는 청와대에 끈이 닿아 있나 봐." 하는 의미심장한 한마디를 던졌습니다. 그 말에 내가 선물을 받은 것이 아니고, 청와대에 끈이 닿아 있는 분께 선물을 받은 거라고 설명을 했습니다. 그러니까 옆에 있던 교무님들이 "어쨌든 청와대에 끈이 닿아 있네, 뭐. 앞으로 잘 봐 줘." 하는 것이었습니다. 장난이었고, 농담이었지만, 끈이 닿아 있다는 말이 새삼스럽게 가슴에 와 닿았습니다.

끈이라는 것, 끈이 어떻게 닿아 있느냐는 것은 사회가 급변하고 전문성과 다양성이 동시에 중요해지는 21세기에 더욱 절실한 문제로 대두되고 있습니다. 아무리 능력 있는 개인이라 하더라도 급변하는 환경에서는 그 한계가 쉽게 드러나기 때문입니다. 매일 물을 갈아 준다 하여도 꺾어진 나뭇가지가 땅에 뿌리박고 있는 나뭇가지의 생명력을 따라갈 수 없듯이 말입니다.

그래서 그런지 요즘 엔큐(NQ)라는 개념이 부각되고 있습니다. NQ란 네트워크 쿼션트(Network Quotient)의 약자로 공존지수라고도 합니다. 여기에서 공존지수란 사람들과의 관계를 얼마나 잘 운영할 수 있는가, 어떻게 하면 사람들과 함께 아름다운 공존을 실현해 낼 수 있는가는 능력을 가늠해 보는 지수이기도 합니다.

언니인 준안 교무님도 영산선학대학교에서 학생들과 함께 기숙사에서 생활을 하고 있는데 학생들에게 먹고 남은 음식을 냉동실에 넣지 말라고 지도를 한다고 합니다. 신선할 때 나눠서 먹으면 맛이나 영양도 좋을 뿐더러 인간적인 윤기도 따라서 건네게 되는데, 자기 것이라고 혼자 먹고 남는다고 냉동실에 넣었다 먹으면 음식도 제 맛을 잃고 단체생활을 하는 주위 사람에 대한 예의도 아니기 때문이라고 했습니다. 공존의 노하우를 터득하고 그렇게 지도하고 있는 것 같아 보기가 좋았습니다.

그렇습니다. 길지 않은 한평생을 잘 살다 가려면 한정된 자원과 에너지를 효율적으로 사용하는 기술이 필요합니다. 과학의 발달로 생활이 여러모로 편리해졌음에도 불구하고 현대인의 삶이 더 각박해지고 여유를 찾지 못하는 이유 중의 하나가 바로 이 공존 노하우의 하락에서 비롯되는 것이 아닐까 합니다. 아이러니 하게도 더 잘살려고 하다 보니 더 잘 못사는 길로 접어들고 있는 것입니다. 자기의 한계를 좁게 잡고 자기 한 몸의 안위와 이익을 위해 급급하다 보니 한 생명, 한 인류로 연결되어 있는 중요한 끈을 놓치게 된 것입니다.

김무곤 교수는 ≪NQ로 살아라≫는 책에서 공존을 통해 성공으로 가는 길, N.Q 18계명을 다음과 같이 밝히고 있습니다.

1. 지금 힘없는 사람이라고 우습게보지 마라.
2. 평소에 사람들에게 잘하라.
3. 네 밥값은 네가 내고 남의 밥값도 네가 내라.
4. 고마우면 고맙다고, 미안하면 미안하다고 큰소리로 말하라.
5. 남을 도와줄 때는 화끈하게 도와주라.
6. 남의 험담을 하지 마라.
7. 회사 바깥 사람들도 많이 사귀라.
8. 불필요한 논쟁을 하지 마라.
9. 회사 돈이라고 함부로 쓰지 마라.
10. 남의 기획을 비판하지 마라.
11. 가능한 한 옷을 잘 입으라.
12. 조의금은 많이 내라.
    (2-3만원 아끼지 마라. 나중에 다 돌아온다.)
13. 수입의 1퍼센트 이상은 기부하라.
14. 수위아저씨, 청소부 아줌마에게 잘하라.
15. 옛 친구들을 챙기라.
16. 너 자신을 발견하라.
17. 지금 이 순간을 즐기라.
18. 남편 또는 아내를 사랑하라.

이 내용들은 자신에게 잘하라, 나아가서 가까이 있는 사람들에게 잘하라, 더 나아가서 한 번이라도 만난 적이 있는 사람들에게 잘하라, 심지어는 알지도 못하는 불특정 다수에게도 잘하라는 말로 요약될 수 있습니다. 그것이 바로 자신의 성공의 끈이고, 생명의 끈이기 때문입니다.

사람뿐만이 아닙니다. 결국에는 지금 이 순간에 깨어 있어야 하고, 만나는 모든 인연에 깨어 있어야 합니다. 인연의 끈을 연결하고 실천할 수 있는 상황은 언제나 바로 지금 이 순간이기 때문입니다. 생생하게 깨어서 바로 지금 이 순간이라는 현실에 뿌리박은 튼튼한 이 끈이야말로 어떤 사람과 어떤 인연과의 끈보다도 중요합니다. 모든 인연관계의 출발점이기 때문입니다.

혼자서 잘하면 잘 살 것 같지만, 세상은 넓고 나는 작습니다. 끈을 놓으면 생명력을 잃게 됩니다. 생명을 잃으면 행복으로부터 멀어지기도 쉽습니다. 바로 지금 이 순간과 만나는 모든 인연에 탄탄한 끈이 닿아 있도록 합시다. 그 끈으로 사랑과 신뢰와 공존의 미덕이 흐르도록 해봅시다. 그렇게만 할 수 있다면 다른 특별한 노력을 하지 않더라도 행복은 이미 우리에게 오고 있을 것입니다. 끈이 어디로 닿아 있나요?

짧은 답글

적당히 버려야 하고 적당히 지니고 있어야 하는데, 버려야 할 것과 가지고 있어야 할 것이 너무도 혼돈스럽습니다. 혼돈 속에서 맘껏 휘청거리고 나니 어느덧 봄이 성큼 와 있습니다. 차갑지도 뜨겁지도 않은 적당한 봄바람만큼이나 내 삶도 적당했으면 좋겠습니다.

－신선웅

내일은
내일에게

친구와 오랜만에 산책을 하게 되었는데, 지금이라도 모든 일을 그만두고 여행을 떠나고 싶다고 했습니다. 이제 사는 것도 어느 정도 해결되었고, 돈을 벌지 않아도 얼마간은 버틸 수 있기 때문에 떠나고 싶다는 것입니다. 넓은 세상도 구경하고, 책도 많이 읽고, 그렇게 앞으로 살아갈 날을 다시 준비하고 싶기 때문이라고 합니다.

"그렇다면 지금 떠나도 아무 문제가 없겠네요. 알면서 왜 못 떠나는 거죠?" 하고 물었습니다. 그랬더니 "그러니까 말입니다." 합니다. 도대체 그토록 떠나고 싶은데 왜 못 떠나는 걸까요?

돌아오는 길에 생각해 보니, 결단이 필요하고 용기가 필요한 일 같아 보였습니다. 꼭 지금 떠나야겠다는 의지가 약하고, 지금 떠나기에는 포기해야 하는 현재의 살 만한 조건들이 걸림돌이 되는 것입니다. 하지만, 더 중요한 것은 현재의 살 만한 조건들과 여행을 통해서 얻게 될 것을 비교하기가 쉽지 않다는 것이었습니다. 여행을 하고 돌아오면 지금보다 나을 수 있다는 확신만 선다면 누군들 지금 당장이라도 떠나려 하지 않을까요?

그것이었습니다. 우리에게는 오랜 습성이 있습니다. 과거에 대해 집착하고 미래에 대해 갈망하는 습성. 그래서 지금 이 순간에 충분히 집중을 못하는 습성 말입니다.

그래서 어떤 사람들은 과거의 잘못에 묶여 지난날에 대한 후회가 중심이 되어 괴롭게 살아갑니다. 과거에 대한 이러한 집착은 사실 누구나 조금씩은 가지고 있는 습성 가운데 하나입니다.

또 한편으로는 내일에 너무 의미를 둔 나머지 오늘을 잊고 사는 사람들이 있습니다. 많은 돈을 모아야만 미래가 안정적이라 생각하여 자신의 건강이나 도덕성마저 망쳐가며 재산 모으는 일에만 몰두하는 사람들이 있는가 하면, 몸은 현실에 처해 있으면서도 늘 미래의 어떤 환상이나 두려움에 사로잡혀 사는 사람들이 있습니다.

양자 모두 과거에 대한 기억이나 미래에 대한 상상 때문에 소중한 지금 이 순간의 가치를 놓치고 살아가는 사람들입니다.

우리에게 일어나는 모든 일들은 인연에 의해서 다가오고 사라져갈 뿐입니다. 그런데 모든 일들이 너무 많은 요소들의 결합에 의해 일어나고 사라지기 때문에 우리는 그 모든 것을 대비할 수도 없고, 대처할 수도 없습니다. 어떤 일들이 발생하게 되더라도 발생되는 그 순간의 밝게 분석하고 빠르게 판단하는 능력과 실천력만이 거기에 대처할 수 있을 따름입니다.

내일이란 예측이 불가능한 것입니다. 예측할 수 없는 것을 예측하려 하는 데서 답답함과 두려움이 발생합니다. 앞이 보이지 않기 때문입니다. 그러기에 내일은 내일에게 맡겨야 합니다. 내일은 길과 같습니다. 걸어가 봐야 앞이 보이는 길 말입니다. 어떠한 길도 출발점에서는 끝닿는 곳을 알 수가 없습니다. 중간 중간 만나게 되는 수많은 기로에서 수

많은 선택들을 통해서 새로운 길로 접어들기 때문입니다. 거기까지 가지 않고서는 새로운 길이 열리지 않는다는 것입니다. 그렇기 때문에 우리는 계속 걷고 있어야 합니다. 앞이 보이지 않는다고 두려워하거나 답답해할 것이 아니라, 성실하게 한 발 한 발 나아가야만 하는 것입니다. 지금 이 순간을 살아갈 따름인 것입니다.

서양에서 생활선을 이끌고 있는 여성 수행자인 페마 초드론(Pema Chodron)은 "삶이란 토대가 없다.(Life is groundless.)"고 했습니다. 삶이란 굳건하거나 안전하거나 영원하거나 하는 등의 어떤 정해진 토대가 없다는 것입니다. 삶이 바람에 흔들리는 나뭇잎과 같이, 하늘을 흘러가는 구름과 같이 늘 변화선상에 있는 불안정한 그 자체라는 것입니다. 그런데 인간은, 나만 인간만이 영원히 안정된 상태, 편안한 상태, 절대적인 상태를 추구하기 때문에 고통이 배가된다고 합니다. 변화선상에 흐름을 맡기다 보면 거기에는 그 흐름에 맡기지 않고서는 도저히 알 수 없는 새로운 의미 있는 무언가가 있습니다. 왜 맡기지 못하는 걸까요? 왜 그 순간순간에만 깨어 있지 못하는 걸까요?

나도 한때는 그랬습니다. 수첩에 보니 어린 시절에 써 놓은 이런 메모가 하나 있었습니다.

"오늘을 살면서 내일 때문에 고민하고 방황하는 한 아이가 있었다. 정작 중요한 오늘의 가치를 잊은 채 그 아이가 유일하게 할 수 있는 일은 생각하고 또 생각하는 일이었다. 번번이 내일이란 오늘 예측할 수 있는 그런 것이 아님을 알면서도 오래된 습관 때문에 생각하고 또 생각하는 것이었다. 이제 그 아이 나이 서른에 내일은 내일에게 맡기고 오늘 여기에서 살고자 한다."

그러고 보니 나의 경우에는 서른쯤에 내일은 내일에게 맡겨야 한다는 사실을 인식하고 받아들이기 시작한 것 같습니다.

김대규 님의 ≪사랑과 인생의 아포리즘 999≫에 보면 "어제의 비로 오늘의 옷을 적시지 말고, 내일의 비를 위해 오늘의 우산을 펴지도 말라."는 구절이 있습니다. 내일은 내일에게 맡기고 오늘을 살아가라는 적절한 표현입니다. 내일은 예측할 수 없기 때문에 불안하기도 하지만, 한편으로는 예측 불가능하기 때문에 무한한 가능성도 있는 것이 아닐까요? 오늘을 살면서 삶이 고통스럽다고 느껴지거나 미래에 대한 두려움이 느껴진다면 그 괴로움이나 두려움 속에 갇혀 있을 것이 아니라 차라리 미래의 정체에 대해 파고들어 보면 어떨까요?

정치학자인 제임스 터버의 "화난 마음으로 과거를 돌아보지 말고, 두려움으로 미래를 내다보지 말라. 다만 깨어 있는 눈으로 주위를 보라."는 말을 명심해 보면서 말입니다.

짧은 답글

내일은 예측할 수 있기도 합니다. 일기예보가 그러하듯이 말입니다. 지혜가 밝아지면 예측 지수가 높아지겠죠?

― 김원종

있는 그대로

토요일마다 하게 되는 봉공작업 시간에 토란을 심게 되었습니다. 뾰족하게 싹이 나와 있는 토란은 이미 먹을 수 있는 열매로서의 토란이 아니었습니다. 새로운 싹을 키우기 위한 양분으로서의 토란이었던 것이죠. 어떤 것은 싹이 많이 자라서 토란이 거의 허물처럼 된 것도 있었습니다. 그 토란들을 지켜보면서 삶과 죽음의 문제를 떠올리게 되었습니다. 열매로서의 토란은 죽어가고 있는 중이었고, 싹으로서의 토란은 살아가고 있는 중이었기 때문입니다.

'한 알의 밀알이 썩지 않으면 새로운 밀이 탄생할 수 없다.'라는 말은 익히 알고 있었지만, 이 모습을 보면서 뭔가 특별한 느낌이 들었습니다. 이 토란을 어떻게 표현해야 할까. 죽어가는 토란이라고 해야 하는 것인지, 살아가는 토란이라고 해야 하는 것인지 갑자기 혼란스러워졌습니다.

그러다가 그 토란은 살았거나 죽었거나 하는 둘 중의 어느 한쪽의 상

태에 속해 있지 않다는 사실을 발견하게 되었습니다. 우리가 익숙해 있
는 이분법적 사고로는 이 토란을 설명하기가 어려웠습니다. '살았다' 또
는 '죽었다'라는 개념만으로는 이 토란을 설명해 낼 수가 없었기 때문
입니다. 싹을 보면 살아나는 토란이고, 양분으로 쓰이며 쪼그라들어 가
는 부분을 보면 죽어가는 토란이기 때문에 '살면서 죽어가는 토란'이라
고 표현해야 비교적 사실적으로 묘사할 수 있었습니다.

이처럼 일상에서 일어나는 사건이나 사물들을 '좋다 나쁘다', '살았다 죽었다', '이익이다 해롭다' 하는 이분법적 사고로 판단하는 것은 무리가 있는 것 같습니다.

우리가 경험하는 대부분의 존재와 현상은 좋으면서 나쁜 것, 살면서 죽는 것, 이익이 되면서 손해가 되는 것이 공존하기 때문입니다. 그러니까 너무 단정적으로 '좋다 싫다', '살았다 죽었다', '이익이 된다 해롭다' 하는 식으로 나누기보다는 있는 그대로의 존재와 현상 자체를 보고 이해해야 그 모든 것들을 제대로 본다고 할 수 있으리란 생각이 듭니다.

'있는 그대로'를 제대로 볼 수 있을 때, 우리는 바르게 판단하고 바르게 행위할 수 있습니다. 그러므로 있는 그대로를 제대로 보는 것이 불교나 원불교에서 말하는 깨달음의 핵심입니다. 그리고 우리의 삶은 이 깨달음에 비례해서 원만하고 행복해질 수 있습니다. 그렇기 때문에 모든 존재와 현상을 얼마나 '있는 그대로'에 가깝게 볼 수 있느냐가 우리 삶의 관건이 된다고 할 수 있습니다.

원불교에서는 존재와 현상을 바라보는 기준으로 '대소유무에 따라'라고 하는 총체적인 관점을 제시합니다. 전체적인 측면과 부분적인 측면, 나아가서는 변화선상에서의 측면까지도 고려해서 존재와 현상을 바라보려 한다는 것입니다.

하나의 존재나 현상이 있기 위해서는 그 바탕에 불생불멸과 인과보응의 이치가 깔려 있습니다. 원인 결과의 인과관계가 영원히 계속되고 있기 때문입니다. 또한 인과보응의 이치는 음양상승과 같이 된다고 했습니다. 원인결과의 상관관계가 음과 양이 서로 돕고 밀어주고 배경이 되어주면서 작용하는 것처럼 끊임없이 순환작용을 반복하고 있다는 것입니다.

밤이 깊어지면 새벽이 오는 것처럼, 종기가 곪고 나면 나아지는 것처럼, 음은 양을 잉태하고 양은 음을 잉태하여 만물과 현상이 끊임없이 변화를 거듭하게 되는 것입니다. 그런 변화의 이치를 따라서 세상의 모든 만물이 생로병사와 성주괴공의 변화를 갖고, 모든 현상이 일어나고 사라지고, 오고 가고 하는 것입니다.

이렇게 늘 변화하고 있는 존재와 현상의 특성을 고려할 때, 우리 삶 속에 만나고 일어나는 온갖 인연들과 사건들의 '있는 그대로의 전 면모'를 파악하기란 쉬운 일은 아닙니다. 하지만 그런 것들의 어떤 결과적인 한 측면만을 보게 되면 우리는 있는 그대로의 실제를 제대로 볼 수 없을 뿐 아니라, 이분법의 논리를 벗어나지 못하고 더욱더 고통스러운 삶을 살아갈 수밖에 없을 것입니다.

동전을 생각해 보세요. 동전은 앞면도 있고 뒷면도 있습니다. 앞이 양이라면 뒤는 음이라 할 수 있고, 앞이 장점이라면 뒤는 단점이라고 볼 수 있습니다. 또는 앞이 고생이라면 뒤는 만족감일 수도 있고, 앞이 실패와 좌절이라면 뒤는 희망과 용기일 수도 있습니다. 그런데 우리가 경험할 수 있는 세상의 모든 존재와 현상은 대부분이 동전과 같은 상태에 있다 해도 과언이 아닙니다.

극하면 변하는 이치가 있기 때문에 극한 상태에서는 오래 지속되지 않고, 오래 지속되지 않는 상태는 경험하기가 쉽지 않기 때문입니다. 단지 정도의 차이만 있을 뿐입니다. 그러니까 결국 우리의 삶 속에서 경험하는 대부분의 일과 인연들은 동전의 양면과 같아서 어떤 한 측면만을 떼어 놓고 생각할 수 있는 것들이 아니라는 것입니다.

삶과 죽음이라는 문제도 전체와 부분, 변화라는 점에서 살펴보면 살아가는 것이 곧 죽어가는 것이고 죽음은 곧 또 다른 삶의 시작이 되는 것으로 볼 수 있습니다. 우리 인생에 가장 큰 일이라고 할 수 있는 삶과 죽음을 그렇게 볼 수 있다면 우리는 죽음의 공포로부터 벗어날 수 있습니다.

뿐만이 아닙니다. 만나는 모든 인연, 당하는 모든 사건과 일들이 모두 좋고 나쁨의 문제, 괴롭고 고통스러움의 문제, 이익 되고 손해되는 문제, 주고받는 문제, 오고 가는 문제를 동시에 안고 있다는 사실입니다.

그러기에 우리가 만나는 모든 인연과 사건들을 한 측면만 보고 '좋다 나쁘다', '이롭다 해롭다', '괴롭다 수월하다' 하는 등의 이분법적인 사고에 고착되어 평가하지 않도록 각별히 주의해야 합니다. 있는 그대로의 전모를 발견하는 노력을 통하여 절망 속에서도 희망을 발견하고, 해악 속에서도 은혜를 발견하고, 고통 속에서도 기쁨을 발견해 나간다면 우리의 삶이 훨씬 평화롭고 행복할 수 있습니다.

삶이 어렵다고 느껴질 때, 괴롭다고 느껴질 때, 너무 행복하다고 느껴질 때, 너무 기쁘다고 느껴질 때, 미처 발견하지 못한 나머지 부분까지도 잘 보아서 오만하거나 좌절하지 않고, 희망을 잃지 않고 평상심을 발견해서 행복할 수 있으면 좋겠습니다.

짧은 답글

목적을 달성하는 데서 행복을 찾는다면 행복은 없습니다. 과정 하나하나에서 행복을 찾아야 합니다. 삶과 죽음 또한 삶에서 죽음으로 넘어가는 순간이기보다는 전체적인 삶과 죽음의 양면이며 토란에서 또 다른 토란으로 되어가는 과정을 주재하시는 신을 의식하며 잘 살아야 하겠습니다. 글 잘 읽었습니다. 또 다른 토란이 되기 위하여 오늘 바로 지금 현실(선물)에 깨어서 잘 살아가렵니다.

－김기원

반성하러 갑니다

주말에 종교생활을 열심히 하시는 교수님 한 분을 만났습니다. 식사를 할 때마다 간절히 기도를 드리시는 모습을 보면서 독실한 신앙을 가지신 분이구나 추측만 했을 뿐, 종교에 대한 이야기는 별로 한 적이 없었습니다. 그런데 드디어 교수님께서 종교생활에 대한 한 말씀을 하셨습니다. 교수님께서 다니는 곳은 어떤 점이 특징이냐고 여쭈었더니, "종교가 다 그렇죠. 나는 다른 것 없어요. 반성하러 갑니다. 일주일 동안 잘못한 것이 없는지 돌아보고 반성하고 다짐하고 그러는 거죠."라고 말입니다.

반성하러 가신다는 그 말씀이 한동안의 화두가 되었습니다. 그래 그거야. 돌아본다는 것, 자신을 비춰본다는 것, 때때로 깊이 참회하고 반성하고 다짐한다는 것, 그것이 부족하다는 사실을 새롭게 깨닫게 된 것입니다.

대학교 4학년 때의 일입니다. 방학을 이용하여 기숙사에 남아 혼자서 원불교 초기교서와 자료 모음인 ≪교고총간≫을 읽고 있는데 갑자기 온몸에 전율이 일면서 펼쳐 놓은 책 위로 눈물이 떨어지기 시작했습니다. 뚝뚝 떨어지는 눈물과 함께 마음 깊은 곳에서부터 이생과 전생을 통하여 지었을지도 모르는 잘못들에 대해 하염없는 반성과 참회로 목이 메어 왔습니다.

살아 있다는 것만으로도 너무나 죄스럽고, 그동안 살아오면서 알고도 짓고 모르고도 지었을 수많은 잘못들을 어떻게 해야 할지 모르고 단지 눈물만 흘릴 따름이었습니다. 나로 인해 죽어간 수많은 생명들, 나로 인해 상처받았던 알 수 없는 인연들에게 너무 미안하고 죄스럽고 안타까운 마음들 때문이었습니다.

사람이 살아가기 위해서는 먹어야 하고 입어야 하고 많은 것들을 사용해야 하는데, 그것을 가능하게 하기 위해서 반찬이 되어 주는 많은 생명들을 비롯해서 단지 살아가는 과정 속에서도 수많은 잘못들을 저지르고 살아가고 있다는 생각이 뼛속까지 사무쳐 왔던 것입니다.

그렇게 내가 잘못이 많았고, 너무도 많은 생명들과 인연들의 희생으로 나의 삶이 지속된다고 생각하니까, 도저히 타인의 잘못에 대해서는 자신이 없었습니다. 이미 내가 너무 많은 잘못을 저지르고 있는데, 누구를 감히 평가하고 탓할 수 있을 것인가는 생각이 스쳤기 때문입니다. 타인의 잘못은 더더욱 비난할 수 없을 것 같았습니다. 그런데 그때의 그 절실함도 오래가지는 못했습니다. 그래서 아직도 보통사람으로 살아가고 있는지 모르겠습니다.

옛날 중국 명나라에 원황이라고 하는 선비가 살았습니다. 그는 스스로 범인의 삶을 끝내고 운명을 개척하며 살았던 대표적인 사람입니다. 그는 어린시절에 만난 공노인이라는 사람의 예언을 듣고 자기 삶이 그대로 되는 것을 믿고 정해진 운명이 있다고 믿었던 사람이었습니다.

그런 그가 하루는 절에서 운곡이라는 스님을 만나서 "범인들에게는 정해진 운명이라는 것이 있지만, 크게 선한 사람은 운명이 그를 구속할 수 없고, 크게 악한 사람도 운명이 그를 묶어 놓을 수 없다."는 가르침을 받게 되었습니다. 그래서 그는 그때부터 자신의 호를 '료범, 즉 범부의 생활을 청산한다'라고 짓고 범부의 생활을 끝내기 위해 매일 매일의 잘못을 고치고 선행을 실천하는 것으로 운명을 바꾸는 삶을 살았습니다. 후에 자손들을 위하여 ≪료범사훈≫이라는 책을 남겼는데, 거기에 운명을 개척하는 방법으로 개과천선, 즉 잘못을 고치고 선행을 행하는 것이 핵심임을 밝히고 있습니다.

그는 "매일 매일 자기의 잘못을 검토하여 스스로 잘못을 고치도록 노력해야 한다. 만일 자신의 결점과 잘못을 인식하지 못하는 날이 하루라도 있다면 이는 자신이 옳다고 생각하면서 하루를 보낸 것이다. 하루라도 고쳐야 할 잘못이 없었다고 생각한다면 그날 하루는 발전이 없었다는 말이다. 천하에 총명하고 준재들이 적지 않지만, 그들이 스스로의 덕을 닦지 않아 운명을 개척하지 못하는 것은, 단지 습관적으로 그럭저럭 지내면서 일생을 망치고 있는 것이 그 원인이다."며 매일 잘못을 고쳐나가도록 후손에게 당부하고 있습니다.

아무리 정해진 운명이 있다 하더라도 자신의 허물을 발견하고, 계속해서 거듭나는 삶을 살아갈 때 운명도 어찌할 수 없다는 사실을 잘 드러내 줍니다.

반성하는 일은 성장의 첫 과정입니다. 살아가면서 충돌과 갈등이 생기는 주된 원인 중의 하나가 바로 자기의 잘못을 알지 못하는 일입니다. 겸허한 자기반성이 없다는 것입니다.

나도 어릴 때는 내가 아는 것이 전부인 줄 알았습니다. 그래서 이해할 수 없는 일도 많고, 화나는 일도 많고, 속상하는 일도 많았습니다. 모두 남의 탓이라 생각했기 때문입니다. 하지만, 이제 세상에는 내가 모르는 것이 더 많고, 어쩔 수 없는 일이 더 많다는 사실을 조금씩 받아들이기 시작했습니다. 그러니까 내가 부족해서라는 생각을 하기 시작한 것입니다. 진지한 자기반성을 통해서 타인에 대해서도 관대해지는 것을 느낄 수 있습니다. 그러다 보니 비로소 삶이 평화로워지기 시작하는 것 같습니다. 아직도 멀었지만 말입니다.

공자의 제자 중 효행으로 유명한 증자는 하루에 세 가지를 반성한다는 일일삼성(一日三省)으로 유명합니다. 그가 매일 무엇을 반성했던 것일까요? 그는 다음의 세 가지를 매일 반성했다고 합니다. 첫째, 남을 도와주면서 정말로 양심의 가책을 느끼지 않을 만큼 성실하게 도와주었는가? 둘째, 친구와의 교제에 혹 신의 없는 행동은 하지 않았는가? 셋째, 스승에게 배운 바를 잘 익혔는가?

배우고 익히는 일, 인간관계에서 신의를 지키는 일, 타인을 도우는 일 등은 끝이 없습니다. 평생을 해도 부족한 것들입니다. 그렇기 때문에 증자는 평생을 일일삼성하며 겸허하고 성실하게 인을 실천하며 살아갈 수 있었던 것이고, 2,500여 년이 지난 우리들에게도 보감이 될 수 있는 것입니다.

원불교에는 하루를 반성하는 아홉 가지 조목이 있습니다. <일상수행의 요법>이 그것입니다. 그 주된 내용은 다음과 같습니다.

* 우리 마음에 원래 없는 요란함과 어리석음과 그름을 없앴는가?
* 믿음과 분발과 의문과 정성으로 불신과 탐욕과 나태와 우매함을 제거했는가?
* 원망 생활을 감사 생활로 돌렸는가?
* 타력 생활을 자력 생활로 돌렸는가?
* 배울 줄 모르는 사람을 잘 배우는 사람으로 돌렸는가?
* 가르칠 줄 모르는 사람을 잘 가르치는 사람으로 돌렸는가?
* 공익심 없는 사람을 공익심 있는 사람으로 돌렸는가?

남을 그렇게 하라는 것이 아닙니다. 스스로 반성해 본다는 것입니다. 일상생활 속에 일어나는 다사다난한 여러 가지 일들을 겪으면서 마음이 요란하거나 어리석거나 그르지 않도록, 나태하거나 어리석거나 믿음이 부족하거나 욕심에 끌리지 않도록, 누구에게 기대거나 의존하려는 안일함을 벗어나 자력으로 생활하려는 마음 등을 늘 돌아보고 대조하라는 것입니다. 그렇게 인연 따라 오고 가는 갖가지 경계들에 담담하고 편안한 마음을 간직할 수가 있는지, 원망할 일 가운데서도 감사한 점을 발견할 수 있는지, 배움과 가르침에 성실하고 공익을 위해 성심성의껏 노력

했는가 그렇지 못했는가를 반성하다 보면 늘 부족한 자신을 발견하게 될 것입니다. 부족하기 때문에 계속 노력할 것이고, 계속 노력하다 보면 점차 나아질 것입니다. 계속 성장하고 진급이 되어 갈 수 있다는 것입니다.

요즘은 살아가는 중요한 의미가 성장이라는 사실이 크게 와 닿습니다. 오늘도 내일도 꼭 같다면 계속 살아야 할 이유가 무엇일까요? 자기 반성은 그 성장의 중요한 열쇠가 됩니다. 언제 어떻게 반성하는 것이 좋을까요? 일주일에 한 번도 좋고, 하루에 한 번도 좋습니다. 살아가면서 어떤 기회에 자신을 돌아보고 반성하고 잘못을 고치고, 좋은 일을 하면서 살아갈 수 있다면 언젠가는 원하는 행복한 삶에 가까이 가고 있는 자신을 발견하게 될 것입니다.

반성이란 인정하기 싫지만 인정해야 하는 것들을 받아들이고 살피는 것을 말합니다. 아프지만 성장의 열쇠가 거기에 있습니다. 그리고 성장, 거기에 살아가는 의미가 있습니다.

짧은 답글

반성과 감사하는 마음이 있다면 행복한 삶이고, 효율적인 삶이 될 수 있을 것 같습니다. 시대를 뛰어넘는 예문과 좋은 글 감사합니다. 마음 깊이 간직하고 갑니다.

－사랑의 기원

지금 이 순간을 살아가기

　얼마 전에 진주에 다녀왔습니다. '진주라 천리길'이라는 말도 이젠 옛말이 되었고, 대전 - 통영 간 고속도로가 뚫려서 2시간 30분이면 충분히 도착할 거리입니다. 그런데 4시간 30분 만에 진주에 도착하였습니다. 길을 잘못 들어 헤맸기 때문입니다. 대전 남부순환도로를 타면서 무주 · 진주 방향으로 빠져야 하는데 어느덧 대구 · 부산 방면으로 가고 있는 것이었습니다. 계속해서 낯선 표지판들을 보면서 그때서야 길을 잘못 든 사실을 발견하게 되었습니다. 고속도로의 특성상 아니다 하면 이미 늦습니다. 옥천까지 내려가서 돌아와야 했습니다. '아차! 하면 이렇게 멀어지는구나. 왜 표지판을 놓쳤던 것일까?'

　처음에는 무주 · 진주 방향 분기점에서 후진하는 차에 마음을 뺏겨서 그런 줄 알았습니다. 고속도로에서 후진을 하니 불안해 보여서 도로 표지판을 보지 못하고 그 차에 시선을 뺏긴 것이 문제인 줄 알았던 것입니다. 하지만, 집에 돌아온 후에야 표지판을 놓친 정확한 이유를 알 수 있었습니다.

　그것은 집중을 못한 것이 원인이었습니다. 그때 그 순간에 살지 못했기 때문이었던 것입니다. 몸은 운전을 하고 있었지만, 마음이 다른 일을 하고 있었던 사실을 발견했기 때문입니다.

　그 당시 어학원을 다니고 있었습니다. 영어회화 공부를 위해 프리토킹

을 신청하고 어학원에 다니는데, 제법 재미가 있었습니다. 그래서 틈만 나면 마음속으로 영어문장을 만들곤 했습니다. 그러다 보니 운전을 하면서 어느새 영어로 문장을 만들어서 혼자서 이야기를 하고 있었던 것입니다. 그것이 문제였습니다. 너무 열중한 나머지 표지판도 보지 못하고 계속해서 앞으로만 가고 있었던 것입니다.

행복에 관심을 갖다가 선에 관심을 갖게 되었고, 선에 관심을 갖다보니 지금 이 순간을 살아가는 것의 중요성을 알게 되었습니다. '지금이 순간에 살아가기'라고 하는 어쩌면 선의 전부라고 말할 수 있는, 행복의 관건이라고 말해도 부족하지 않을 중요한 사실을 알게 된 것입니다. 정말 행복하게 살고 싶다면 '지금 이 순간에 살아가기'에 성공하느냐 실패하느냐가 정말 중요한 일이 됩니다. 지금까지 깨달은 지금 이 순간에 살아가는 나의 비법은 이렇습니다.

몸이 가는데 마음이 따라가야 합니다.

몸과 마음이 일치해야 하는 것입니다. 몸이 가는 곳에 마음이 집중을 해 줘야 한다는 말입니다. 마음이 가는 곳에 몸이 갈 수 있다면 그렇게 해도 좋습니다. 하지만, 마음이 가는 곳은 몸이 갈 수 없는 곳이 더 많습니다. 예를 들면 과거나 미래가 그렇습니다. 마음은 과거를 생각하고, 미래를 생각하지만 몸은 거기에 갈 수가 없습니다. 몸은 지금 이 순간에만 존재하기 때문입니다. 그렇기 때문에 몸과 마음을 일치시키려면 몸이 가는 곳에 마음이 가야 합니다. 지금 이 순간이 처음이자 마지막인 것처럼 살아야 합니다.

우리는 미루는 습성이 있습니다. '내일', '다음에', '나중에'라는 핑계를 대면서 그때 그 순간에 집중을 못하는 것입니다. '있을 때 잘할걸'이라는 후회를 해 본 적이 있습니까? 그렇게 해야 하는 최선의 순간은 그 마음이 났을 때입니다. 다음으로 미룬다는 것은 영원히 못한다는 말과 크게 다르지 않습니다. 그리고 너무 많은 것을 그때그때 해결하지 못하고 마음에 담아 두는 것은 마음을 어지럽히고, 집중력을 떨어뜨리는 중요한 방해꾼이 된다는 사실을 잊지 말아야 합니다.

지금 이 순간에 또렷또렷하게 깨어 있어야 합니다.

잠자는 개구리는 뱀에게 잡혀 먹힙니다. 깨어 있어야 생명을 지킬 수 있습니다. 그와 마찬가지로 우리도 깨어 있어야 합니다. 그래야 상황을 읽을 수 있고, 집중할 수 있고, 대처할 수 있습니다. 그것이 삶을 살아가게 만듭니다. 잠든 상태로 또는 무딘 상태로 살아간다면, 그것은 살아가는 것이 아니고 살아지는 것입니다.

그렇게 살아지게 되면, 놓치는 것이 너무 많습니다. 깨어 있을 때 느낄 수 있는 삶의 소박하고 잔잔한 많은 행복감들을 놓칠 뿐 아니라, 위험에 끌려 다닐 가능성이 높아집니다. 눈 감고 어두운 밤길을 가는 것처럼 말입니다. 깨어 있어야 합니다. 깨어 있는 만큼 삶을 자력으로 살아갈 수 있기 때문입니다.

한 번에 하나씩 집중해야 합니다.

우리는 한꺼번에 많은 것을 하는 것이 효율적이라는 생각에 길들여져 있습니다. 그래서 멀티태스킹, 이 일과 저 일을 동시에 하려고 합니다. 어떤 분야에서는 그렇게 하는 것이 효율적일 수 있습니다. 단순한 일일수록 그렇습니다. 하지만, 여러 가지 일을 동시에 하려는 삶의 방식에는 중요한 허점이 있습니다.

그것은 마음을 바쁘게 만들고, 꼭 필요한 것과 그렇지 않은 것을 구분하는 능력을 떨어뜨린다는 것입니다. 그래서 결국 바쁘기만 하고 실속은 없는 삶을 살아갈 가능성을 높입니다. 지금 이 순간에 하는 그 한 가지 한 가지의 일에 집중할 때 행복한 것들을 충분히 음미할 수 있고, 불행한 것은 훨씬 쉽게 벗어날 수 있습니다. 그런 과정에서 우리는 여유와 평화를 맛보며 살아갈 수 있습니다. 불필요한 허덕임, 불필요한 번거로움에서 벗어날 수 있기 때문입니다.

순간순간 선택하며 살아가야 합니다.

무슨 일이든지 한 번 선택했기 때문에 놀이킬 수 없다는 사람들이 있습니다. 그래서 한 번의 선택만으로 무거운 책임감에 짓눌려 더 이상 원하지 않는 것을 하면서 사느라 불행한 사람들을 봅니다. 그것은 과거를 사는 것이지, 지금 이 순간을 살아가는 것이 아닙니다. 어디를 향해 가는 중에 때로는 길을 잃을 수도 있습니다. 아니라고 생각될 때 돌아오면 됩니다. 아니라고 생각되면 더 이상 가지 않으면 됩니다. 만나는 사람, 하는 일 등의 모든 것들이 매일 매일 새롭게 선택받고 싶어 합니다. 매일 선택한 것의 가치를 의심할 사람이 있을까요?

정말 지금 이 순간을 살아가는 데에 행복의 비법이 있습니다. 지금부터라도 몸이 가는 곳에 마음도 함께 가 보세요. 순간순간을 처음이자 마지막인 것처럼 미루지 말고 오롯하게 살아 보세요. 지금 이 순간에 생생하게 깨어 있어 보세요. 한 번에 하나씩 집중해 보세요. 순간순간을 선택하며 매일 새롭게 선택하며 살아가 보세요. 삶은 그동안의 허덕임과 번다함과 권태와 식상함을 벗어나서 평화와 여유와 사랑으로 채워지기 시작할 것입니다.

짧은 답글

작년이 그리워서 우연히 들어왔는데 지금 저에게 무언가 나를 지탱해 줄 지침돌이 없어서 마음의 한가로움을 못 찾고 있습니다. 근데 선생님 글귀를 읽어 보며 마음이 한결 좋아집니다. 좀 전에 어학원에서 선생님 뵈었는데 알아보시더군요. 또 뵙겠습니다.

– 강태훈

목소리를
낮추세요

5월에는 소나무를 자세히 들여다보게 됩니다. 화려한 봄꽃들이 이른 봄부터 요란하게 사람의 시선을 사로잡는 것과는 다른 어떤 특별한 아름다움과 느낌이 있기 때문입니다. 5월의 소나무를 보면 그 소나무가 한 해 동안 얼마만큼 자랄 것인지 한눈에 알 수 있습니다. 쭉쭉 뻗은 새순의 크기와 빛깔이 알려 주기 때문입니다. 뿐만 아니라 신선한 연두 빛의 소나무 새순은 얼마나 싱그럽고 아름다운지 모릅니다.

그래서 그런지 해마다 5월이면 소나무를 볼 때마다 쉽게 자리를 뜨지 못합니다. 그 특별한 성장이 말없는 큰 소리로 내게 물어오기 때문입니다. "너도 잘 자라고 있니? 살아 있는 거지? 성장을 멈추고 안일하게 살고 있는 건 아니겠지?"라고 말입니다. 그럴 때마다 '소나무처럼만 자랄 수 있으면 좋겠다. 사람의 신체적 크기는 어느 시기에 성장을 멈춘다 하더라도 정신적인 성장에서의 크기를 저 소나무처럼 확실하게 들여다볼 수 있다면 어느 누가 그 성장에 게으름을 피울까? 어떻게 저렇게 확연히 많이 자랄 수 있는 걸까?' 하는 생각을 해 봅니다.

그런저런 생각을 하면서 소나무를 들여다보다가 며칠 전에는 방사형으로 뻗어 가는 소나무 가지를 보면서 한 가지 깨달음을 얻었습니다. 처음 새싹이 날 때에는 가지가 하나였던 것이 세월이 지나고 해가 가면서 계속해서 새로운 가지를 방사형으로 뻗어 내면서 자신의 반경을 넓혀 가고 있는 것이었습니다. 소나무의 가지 끝에 눈이 달려 있다면 그 보이는 것에 엄청난 차이가 있을 것 같았습니다. 작년에는 상상도 할 수 없었던 또 다른 세상을 경험하면서 소나무는 이해의 폭을 넓혀 가고 있었던 것입니다.

그렇게 이해의 폭을 넓히며 계속해서 가지를 뻗으며 자라나는 소나무를 보면서 '성장은 살아 있는 것의 본능'이라는 생각을 하게 되었습니다. 자라도 자라도 늘 부족하기 때문에 계속 자랄 수 있는 것입니다. 그 '늘 부족함', 그것이 바로 성장이라는 본능의 핵심이 아닐까 하는 것입니다.

그런데 사람은 좀 다른 것 같습니다. 조금만 알게 되면 거기에 집착하기 쉽습니다. 그것이 전부인 줄 알기 때문에 자기의 좁은 소견에 자만해지고, 사고가 경직되기 시작합니다. 그래서 좀처럼 변화하지 않으려 하는 경향이 있습니다.

그러면서도 자신이 경직되어 가는 줄도 모릅니다. 소나무처럼 성장이 확연히 눈에 보이면 좋을 텐데 정신적 성장은 그렇게 쉽게 드러나지 않습니다. 결국은 겸손밖에 없습니다. 내 목소리를 낮추고, 세상이 얼마나

크며, 진리는 얼마나 엄연한지에 대해 조금씩 알아 가는 방법밖에 없다
는 것입니다.

　대학을 마치고, 대학원에 진학하면서 석사 친구들이 생겼습니다. 박사
과정에 진학하니 박사 친구들이 새로 생겨나는 사실을 발견하였습니다.
본인이 쓴 책을 선물하는 친구들이 생기고, 친구들의 소식을 신문지상

에서, 방송에서, 출판물들에서 접하는 일들이 생겨납니다. 친구들을 통해서 나와는 상관없던 일들이 상관있는 일이 되는 과정의 단면입니다. 내가 성장하면서 세상이 커지는 것을 경험하는 일례입니다.

세상은 크고 나는 작습니다. 그런데 세상이 아무리 크다고 해도 그 큰 세상을 움직이는 힘은 바로 진리입니다. 진리에 대한 깨달음이 중요한 이유가 여기에 있습니다. 그리고 사람이 성장한다는 것은 바로 깨달음이 깊어지는 것을 말합니다. 깨달음의 과정을 통해서 작은 내가 커 나가기 때문입니다.

장자는 "세상은 끝이 없다. 우리의 앎에는 끝이 있다. 끝이 있는 것으로 끝이 없는 것을 헤아리려 하는 것은 위험하다."며 인간의 앎의 한계를 지적합니다. 겸양의 덕을 강조한 것이지요. 바로 그것입니다. 사람이 커 나가기 위해서는 겸허한 의문을 가지고 살아야 합니다. 내 목소리를 낮춰야 하는 것입니다.

어렸을 때, 동생이 어디 갔다가 늦게 들어온 적이 있었습니다. 들어오는 동생을 보자마자 늦게 들어온다고 나무라기부터 한 일이 있었습니다. 그때 동생은 "누나, 사람을 보면 왜 늦었는지, 무슨 일이 있어서 이렇게 늦었는지 먼저 물어보는 것이 순서가 아냐? 알지도 못하면서 나무라기부터 하면 어떻게 해. 나도 다 어쩔 수 없는 일이 있어서 늦었지." 하는 것이었습니다. 어리다고만 생각하던 동생에게 중요한 것을 배웠습니다.

바로 그것입니다. 물어봐야 한다는 것입니다. 진실을 알 때까지 의문을 놓지 말아야 합니다. 언제나 섣부른 판단은 금물입니다. 스스로 다 안다고 생각하기 때문에 물어볼 의사가 없는 것입니다. 내 목소리만 높이려 드는 것입니다. 목소리를 낮추는 일이 시급합니다. 내가 다 알 수는 없기 때문입니다. 다 알 수는 없더라도 물어볼 수는 있습니다. 끝없는 일과 이치에 대해 모든 것을 다 알 수는 없는 일입니다. 그러기에 매번 겸허한 의문을 가지고 계속해서 물어보는 일이 필요한 것입니다.

≪원불교교전≫에 "의문이라 하는 것은 일과 이치에 모르는 것을 발견하여 알고자 함을 이름이니, 만사를 이루려 할 때에 모르는 것을 알아내는 원동력이니라."고 하셨습니다. 궁금해야 답을 얻을 수 있습니다.
잘 알지 못한다는 인식, 잘 모른다는 사실을 자각하는 순간에 우리의 성장은 이뤄집니다. 미국에서 한국 불교 선풍을 진작시키고 열반하신 숭산 스님의 '오직 모를 뿐'이라는 화두는 시사하는 바가 큽니다.
잘 모르겠다고 생각하고, 목소리를 낮추고, 더 많이 듣고, 더 많이 보고, 더 많이 의문을 갖는 가운데 진리는 조금씩 드러납니다. 우리의 성장도 거기에 함께 합니다. 나무도 탁근을 해서 뿌리를 단단히 내리면 성장을 잘 합니다. 사람도 마찬가지입니다. 목소리를 낮추고 잘 모른다는 사실을 확실하게 인식하고 거기에 기초해서 만물을 보고 듣다 보면, 깨달음의 힘이 커지고, 성장하는 힘도 커집니다. 그렇게 되면 보는 대로 듣는 대로 모든 것이 우리를 성장시키는 인연이 됩니다. 그렇게 지혜의 힘을 갖출 수 있을 때까지 겸허한 의문을 갖고 성장을 계속해 나가야 합니다. 성장은 살아 있는 것의 본능입니다. 죽은 것에는 필요 없는 것입니다. 살아 있는지 죽었는지 자신을 돌아보세요. 살아 있다면 진정으로 살아 있는지, 지금 생각하는 것이 최선인지, 보이는 것이 최선인지, 겸허한 의문으로 진리에 대한 눈을 떠 갈 수 있도록 하면 좋겠습니다.

짧은 답글

아픔 속에 가려진 삶의 숨은 공로자인 세월의 흐름 속에 있는 스쳐 지나치는 경험 하나하나에 묻어난 작은 기쁨들을 발견합니다. 미래의 빛인 변화의 구심점인 나를 보려 하지 않은 채 자기 성장을 방해한 스스로의 뒷모습만을 보았습니다. '내가 성장하면서 세상이 커진다.'는 진리의 말씀을 마음에 꼭꼭 담고 자기겸양으로 스스로를 단장하고 큰 세상 속을 바라보렵니다.

- 유민자

그냥 하면
될 걸

　정신만 차리고 있으면 일상생활 속에서 일어나는 많은 일들이 깨달음의 실마리가 되어 줍니다.

　어느 목요일 오후의 일입니다. 사무실 벽에 걸린 게시판에 '금요 작업시간에 뜬모작업 있습니다. 작업복 차림으로 모여 주시기 바랍니다.'라는 공고가 붙어 있었습니다. '뜬모작업'이라는 단어를 보는 순간부터 갈등이 시작되었습니다.

　어떤 사람들은 진흙을 밟으면 기분이 좋다고 하는데, 맨발에 스타킹만 신은 채로 거머리도 많고 미끈거리는 진흙 논을 왔다 갔다 할 것을 생각하니 정말 그 작업은 피하고 싶은 생각이 들었습니다. 그래서 그 작업을 나가고 싶지 않은 한 마음과 다들 하는 작업인데 당연히 나가야지 하는 또 다른 마음이 갈등을 만들고 있었습니다.

당연히 해야 하는 일이기 때문에 그것을 빠질 명분을 만드는 일은 쉬운 일이 아니었습니다. 몇 가지 작업을 나갈 수 없는 이유를 만들어 봐도 뾰족하지가 않았습니다. 옹색했던 것입니다. 그러니까 대세는 작업을 나가야 하는 것으로 굳어지고 있는 상황이었습니다.

그런데도 마음은 여전히 갈등을 만들어 내고 있었습니다. 저녁에 책을 읽거나 다른 일을 하는데도 한편으로는 가끔 작업을 빠질 궁리를 하거나, 또 한편으로는 흙물이 들지 않고 세탁이 간편한 옷을 찾아보고 있는 자신을 발견할 수 있었습니다.

그렇게 갈등의 저녁을 보냈는데 다음날 아침은 상황이 전혀 달랐습니다. '뜬모작업'은 남자교무님들만 하는 것으로 되어 있었던 것입니다. 결국 뜬모작업은 일어나지 않은 일이었음에도 불구하고 그 '싫다는 한 생각' 때문에 지난 저녁 시간을 문득 문득 일어나는 불필요한 생각들 때문에 양심과 갈등을 해야 했고, 집중력에 방해를 받아야 했습니다.

갈등은 바람직한 마음의 상태가 아닙니다. 집중을 못하게 하기 때문입니다. 책을 읽을 때는 책을 읽어야 하고, 어떤 일을 할 때에는 그 일에 집중을 해야 합니다. 그런데 마음이 한번 갈등을 하기 시작하면 그에 대한 생각이 시도 때도 없이 끼어들기 때문에 집중력에 방해를 받습니다. 집중력에 방해를 받으면 그 일 그 일을 잘 할 수가 없습니다. 효율이 떨어지기 때문입니다. 그러니까 효율적인 삶을 위하여 마음이 갈등하지 않도록 주의해야 합니다.

우리 마음의 갈등은 크게는 두 가지 방향에서 이루어지는 것 같습니

다. 하지 말아야 하거나 할 수 없는 것을 하고 싶어 하는 경우와 해야
하거나 할 수 있는 것을 하기 싫어하는 경우의 두 가지가 그것입니다.
하고 싶은 것과 하기 싫은 것, 좋아하는 것과 싫어하는 것이 많거나 강
도가 셀수록 갈등은 자주, 그리고 강하게 계속됩니다.

　갈등은 집중을 방해해서 불필요한 에너지 소비를 많이 하게 함으로써
실제 자신이 원하는 삶으로부터 멀어지게 합니다. 이상한 악순환입니다.
자기에게 좋게 하려고 하는 것이 결국 자신에게 피해를 주고, 하고 싶

은 것과 하기 싫은 것에 구속을 당하는 신세가 되게 합니다. 처음부터 구속을 원하는 사람은 없겠지만, 그 한 마음 때문에 좋고 싫음에 대한 구속을 자초하게 되는 것입니다.

그래서 생각을 해 보았습니다. 어떻게 하면 그 좋고 싫음을 벗어나서 불필요한 갈등과 구속에서 벗어날 수 있을까?

한 가지 방법은 그냥 하면 됩니다. 좋다 싫다는 생각을 일으키지 말고 그냥 하면 되는 것입니다. 시험지 채점을 할 때마다 느끼는 것인데 귀찮다 생각하면 어려워집니다. 그러니까 시험지를 내놓고 어떤 생각을 일으키기 전에 내용을 보면서 그냥 채점만 하면 됩니다. 그러면 어느새 끝이 납니다. 하지만 귀찮다, 하기 싫다 이런 생각을 하기 시작하면 시간이 오래 걸리면서 진전도 없습니다. 그래서 오랜 경험에 의해서 시험지 앞에 앉으면 그냥 채점하는 일이 조금은 익숙해져 가고 있습니다. 다른 일도 그렇게 하면 되는데 새롭게 일어나는 일은 또 매번 새로운 적응이 필요합니다. 마음의 힘을 얻는 일은 끝이 없기 때문이겠지요.

그리고 또 한 방법은 대의와 명분에 기초해서 그냥 하면 됩니다. 대의명분에 따라 해야 할 일은 어려워도 그냥 하고, 하지 말아야 할 일은 하고 싶어도 그냥 참는 것입니다. 해야 하는 일을 하지 않고 넘어가도 마음이 편하지 않고, 하지 말아야 할 일을 해도 불안합니다. 그러니까 대의와 명분에 따라 해야 할 일이라면 즉각적으로 해 버리고, 하지 말아야 할 일이라면 단호하게 그만두는 것입니다.

또 한 방법은 지금 일어나는 일에 집중해서 그냥 하면 됩니다. 지나가 버린 일이나 아직 오지 않은 일에 대해서 생각을 너무 많이 하지 말고 지금 일어나는 일에 집중하면 되는 것입니다. '뜬모작업'이라는 공고가 나면 공고만 보면 됩니다. 작업 날 아침에 작업을 해야 한다면 적당한 옷을 챙겨 입고 뜬모작업만 하면 됩니다. 그때 그 순간에 할 수 있는 일에만 집중을 하면 된다는 말입니다. 그러면 '싫다 좋다' 하는 마음이 끼어들 여지가 없어질 수 있습니다.

그리고 세상의 모든 일에는 장단이 있습니다. 논에 들어가는 일이 싫을 수도 있지만, 가고 오는 가운데 좋은 일도 있을 수 있다는 말입니다. 그러니까 너무 일어나지도 않은 일에 대해서 머리로만 상상하면서 미리 판단하려 하지 말고, 지금 일어나는 일에만 집중하면 됩니다.

그냥 하면 될 일들을 너무 많이 생각하고, 너무 많이 따지고 나누게 되니까 삶이 고달파집니다. 불필요한 갈등들이 우리의 아까운 에너지와 시간을 좀먹게 만들고 있습니다. 자기애 때문에 결국 자기를 괴롭히는 것입니다.

좋다 싫다는 생각이 나눠지기 전의 그 마음으로 그냥 해 보면 어떨까요? 원불교 소태산 대종사님께서 "여의보주가 따로 없나니, 마음에 욕심을 떼고 하고 싶은 것과 하기 싫은 것에 자유자재하고 보면 그것이 곧 여의보주니라."고 하셨습니다. 여의보주란 '모든 소원을 뜻대로 이루어지게 해 준다는 신기한 구슬'을 말합니다. 그와 같이 우리의 마음이 하고 싶은 것과 하기 싫은 것에 끌리지만 않는다면 그때부터 우리는 자유인입니다. 살아가면서 만나게 되는 어떤 일과 어떤 인연과 어떠한 상황에서라도 자유로울 수 있는 것입니다.

지금부터라도 그냥 하면 될 걸, 갈등하지 말고 자유롭게 살아 볼까요?

짧은 답글

도에 이르는 것이 어렵지 않다 하시고 버릴 것은 오직 간택하는 마음이라 하신 ≪신심명≫ 첫 구절이 떠오릅니다. 준영 교무님의 글을 읽으면서 '스스로에게 속지 마라' 하신 어른님들의 당부가 새삼 새롭습니다. 정진을 빕니다.

─이정주

아무도
모르게

아침산책을 하면서 봐주는 사람 하나 없어도 피고 지는 꽃들을 보며, 누가 관심을 갖지 않아도 매일 자라나는 나무들을 보며 많은 생각을 하게 됩니다. 오늘 따라 아무도 모르게 껍데기를 벗고 있는 나무들에 시선이 머물렀습니다. 나무들마다 모양은 다르지만, 어떤 형태로든지 껍데기를 떨어내고 있었던 것입니다. 그렇구나. 아무도 모르게 저렇게 껍데기를 벗으니까 클 수 있는 것이구나 하는 것을 새삼스럽게 깨닫게 되었습니다. 그러면서 나는 성장을 위해 아무도 모르게 무엇을 하고 있나 돌아보았습니다.

그러고 보니 사실은 요즘 아무도 모르게 느끼는 기쁨들이 있습니다.

아무도 모르게 모르던 것을 알아 가는 기쁨이 있습니다. 몰랐던 것을 '아하!' 하고 알게 되는 순간이 있습니다. 궁금했던 것을 알게 되는 수가 있고, 그냥 아무 생각 없이 자연스럽게 알게 되는 것이 있습니다. 어떤 것이든 순간적으로 알게 되는 기쁨은 어떤 기쁨과도 바꿀 수 없이 강력한 것입니다. 오랫동안 궁금해 해 왔던 것도 물론 그렇지만 그냥 알게 되는 것도 그 재미가 정말 맛이 있습니다.

대종사님께서 처음 대각을 하시고, 대종사님은 다 아시겠는데 다른 사람들이 몰라서 벙어리가 꿈을 꾼 것과 같이 답답했다는 심경을 토로하신 이야기를 전해 들은 적이 있습니다. 벙어리가 꿈을 꾼 것처럼 혼자서 알게 되는 기쁨, 몰랐던 것을 알아 가는 기쁨, 책을 읽을 때에나 다른 사람의 말을 들을 때, 길을 걸을 때, 무슨 일을 하다가도 그 기쁨은 가능합니다. 그렇게 알게 되는 때에는 아무도 모르게 씨익 웃으면서 그 기쁨을 음미합니다.

아무도 모르게 좌선이나 명상을 하는 가운데 얻게 되는 기쁨이 있습니다. 마음이 바쁘기 때문에 5분의 여유를 못 내고, 10분, 30분의 여유를 내지 못합니다. 하루 중 어느 때든지 의도적으로 아무 일도 하지 않고, 자신의 내면을 비춰 보는 좌선이나 명상을 해 보면 또 기대했던 것보다 훨씬 내면에 번져 오는 기쁨을 느낄 수가 있습니다. 좌선이나 명상을 과시용으로 하는 사람들이 있습니다. 누구에게 보이기 위해 하는 좌선은 이미지 관리에는 도움이 될지 몰라도 진정한 내면의 기쁨을 느끼기에는 부족한 면이 있습니다.

버팔로 뉴욕 주립대 석사학위 논문 '선수행의 길이와 선 체험의 깊이가 환경의존적 자아와 자아의존적 자아에 미치는 영향에 대한 연구'를 본 적이 있습니다. 거기에는 선수행의 길이가 긴 사람일수록 환경의존적 자아, 즉 남들이 나를 어떻게 보느냐를 중요시하는 특성을 가진 자아가 발달하고, 선체험의 깊이가 깊은 사람일수록 자아의존적 자아, 실제 자신의 내면의 자아의 느낌과 사고와 동기들을 중요시하는 특성을 가진 자아가 발달한다는 연구 결과가 밝혀져 있었습니다.

환경의존적 자아와 자아의존적 자아는 프리츠 펄스 게슈탈트 심리학의 중요한 개념입니다. 그는 선과 심리학을 결합해서 게슈탈트 심리학의 창시자가 되었습니다. 그는 성격발달 이론의 중요 개념으로 사람이 성장하는 것은 '환경의존적 자아'에서 '자아의존적 자아'로 변화되는 것을 의미한다고 보았습니다.

결론적으로 좌선은 누가 얼마나 오래 하느냐가 중요한 것이 아니라, 얼마나 깊이 자신을 들여다볼 수 있느냐라는 것입니다. 그렇기 때문에 수행은 남이 알든 모르든 자신의 필요에 의해서 진지하게 해 나가는 것이 필요합니다. 아무도 모르게 좌선이나 명상을 조금씩 하다 보면 거기에 또 어떤 말할 수 없는 기쁨이 있습니다.

그렇게 깊이 있는 좌선을 하게 되면 ≪원불교교전≫「좌선의 공덕」에도 나와 있듯이, 인내력, 기억력, 얼굴이 좋아지는 것은 말할 것도 없고, 행동에 순서를 얻어서 하는 일마다 잘하게 됩니다. 이러한 좌선의 효과는 생각하지 않아도 자연스레 따라오는 공덕입니다. 그렇기 때문에 효과에 관해서는 염두에 두지 말고 아무도 모르게 혼자 하는 좌선 명상의 참기쁨을 맛볼 수 있기를 바랍니다.

아무도 모르게 내 마음이 또 다른 나의 마음을 이기는 기쁨이 있습니다.

살아가면서 무슨 일들이 내 마음대로 되지 않는 것 같아 실망을 하고 좌절을 하기도 하지만, 알고 보면 자기 마음이 자기 마음 하나를 마음대로 못합니다. 두 마음이 싸우기 때문에 내 마음이지만 내 마음대로 할 수 없는 것입니다.

게으름이나 습관으로 말미암아 한 마음이 일어나면 또 다른 마음도 일어나는 것이 보입니다. 아침에 일찍 일어나려고 '일어나야지' 하면 다른 마음이 '아니야 너, 어제 늦게 잤으니까 좀 쉬어야 해' 하고, '밀린 일을 해야지' 하면 '나중에 해도 되겠지. 일단 좀 쉬자'고 합니다. 이와 같이 한 마음이 일어났을 때 거기에 실천하는 힘을 더해 주지 않으면 어느새 또 다른 마음으로 흔들리는 나를 발견할 수 있습니다.

어떤 경우에는 마음이 싸우기도 전에 몸이 먼저 습관을 따라가는 수가 있습니다. 그런데 요즘은 누가 시켜서가 아니라 아무도 모르게 내 마음을 내 마음대로 하기 위해서 그 싸우는 마음을 들여다보고 이기는 기쁨이 있다는 것입니다.

뭐든지 하고 또 하면 힘을 받는 것 같다는 생각이 듭니다. 생각에 실천력을 더해 주는 것이지요. 정신을 차리고서, 아주 사소한 일이라 하더라도, 필요에 의해서 일어난 마음이 또 다른 마음에 방해받지 않도록 실천해 보는 기쁨 또한 정말 괜찮은 기쁨입니다.

아무도 모르게 혼자 느끼는 이런 기쁨들은 다른 보상을 기대하지 않게 합니다. 그 기쁨만으로도 충분히 값지기 때문입니다.

이러한 기쁨들은 아무도 모르게 껍데기를 벗고 있는 나무들처럼, 그래서 순간순간 자라는 나무들처럼 나를 키우고 성장하게 만들어 주고 있으리라 생각됩니다. 그렇게 생각하니 더 힘이 납니다.

짧은 답글

님께서 쓰신 글 잘 보았습니다. 님께서 말씀하신 내용 모두가 저의 가슴 여백 없이 가득히 다가와 있습니다. 저는 님께서 말씀하신 '마음이 싸우기도 전에 몸이 먼저 습관을 따라가는 수가 있다.' 하신 이 습관에 대해서 많은 생각을 탐구하는 중입니다. 우리는 자신만의 개혁을 꾸준히 하지 않으면 안 되는 것 같습니다. 이미 많은 습관(좋은 습관, 나쁜 습관)이 40평생 만들어져 있기 때문에 이를 개혁하지 않고 살아간다면 습관도 바뀌기 힘들 겁니다. 그래서 선을 한다는 것은 우리의 작은 행복일 것입니다.

―신동식

내 마음도
땅과 같아서

최근에 생긴 취미 가운데 하나는 풀을 뽑는 일입니다. 하던 일을 멈추고 마당으로 나가서 풀을 뽑을 수 있는 여유를 낼 수 있다는 사실이 기분 좋고, 잡초를 다 뽑고 나서 깨끗해진 마당을 보는 것이 정말 기분이 좋습니다. 뿐만 아니라 풀을 뽑다 보면 어느새 마음이 들여다봐지고, 그간 품고 있던 의문이 스스로 풀려짐을 느낄 수가 있어서 더욱 좋아하게 되었습니다.

풀을 뽑을 때는 확실히 뽑아야 합니다. 대충 뽑으면 금방 다시 풀밭이 되어 버리기 때문입니다. 뿌리가 남거나 씨앗이 맺히지 않도록 깨끗하게 뽑아 버리면 한동안은 풀 뽑을 걱정을 하지 않아도 됩니다. 그러니까 풀을 뽑으려면 확실히 뿌리까지 완전히 제거해야 한다는 것입니다.

얼마 전에는 확실히 풀을 뽑아 놓고 한동안 늘 깨끗한 뒷마당을 볼 수 있어서 좋았습니다. 그런데 얼마 전부터 연두 빛 풀 새싹들이 보이기 시작하더니 금세 초록색 풀로 완전히 덮인 뒤뜰을 발견할 수 있었습니다.

왜 풀은 이렇게 뽑아도 뽑아도 나는 것일까요? 그리고 마음은 왜 닦으려 닦으려 해도 원치 않는 잡념이 끊임없이 솟아나는 것일까요?

요즘에는 마음에 잡념이 일어나는 원인이 정말 궁금하고, 그것들을 원천적으로 없애 버릴 수 있는 방법은 어떤 것이 있을지 계속해서 궁금합니다. 잡념은 말 그대로 어떤 필요나 원인이 있어서 일어나는 것이 아니고, 그냥 하늘에 구름이 일듯이 바람이 불듯이 인연소치에 의해 그냥 생겨나는 것이라고 어렴풋하게 생각하고 있었지만 그것으로는 개운하지가 않았습니다.

생각하지도 않고, 필요하지도 않은데, 왜 갑자기 잡념은 일어나고 사라지는 것일까요?

그리고 잡념들은 많은 것들이 걱정을 동반하거나 자칫하면 타인에게 해를 줄 수도 있는 엉뚱한 생각들이 대부분입니다. 계속해서 내 마음이 원하는 것과는 전혀 딴판의 잡념이 일어났다 사라지는 것을 보면서 어떻게든 뿌리를 뽑고 싶어집니다. 그런데 아무리 생각해 봐도 그 방법을 잘 모르겠고 주위 분들에게 여쭤 보아도 어딘가 미흡함이 있었습니다.

그런데 오늘 땅이 한 소식을 가르쳐 주었습니다. 살아 있는 땅이기 때문에 잡초가 나고, 살아 있는 마음이기 때문에 잡념이 일어난다는 것입니다. 잡초가 나지 않기를 바라는 것은 땅이 생명력을 잃기를 바라는 것과

같고, 잡념이 일어나지 않기를 바라는 것은 마음의 창조적 에너지를 잃기를 바라는 것과 다를 것이 없다는 것입니다.

땅은 그대로 가만히 있는 것처럼 보이지만, 바람이 불고 비가 내리고 온갖 생명들이 이동을 하면서 수많은 씨앗들이 계속해서 땅에 떨어지게 됩니다. 그 떨어지는 인자들에 대해 땅은 살아 있기 때문에 계속해서 반응을 하는 것일 따름입니다. 인자들이 계속해서 떨어진다 해도 땅이 죽어 있으면 잡초도 그 무엇도 생겨날 수 없지만, 살아 있기 때문에 그 모든 것들에 반응을 하는 것입니다. 잡초 씨앗이 떨어지면 잡초가 나고, 곡식 씨앗이 떨어지면 곡식이 나고, 나무 씨앗이 떨어지면 나무가 자라나는 것일 따름인 것입니다. 땅의 생명력이 있기에 만물이 자라나고 그 은혜로 모든 살아 있는 것들이 계속해서 살아갈 수 있게 되는 것입니다.

자연의 살리는 힘은 곡식과 잡초를 구분하지 않고, 차별하지 않고, 똑같이 살려낼 뿐입니다. 곡식과 잡초를 구분하는 것은 사람이지 자연이 아니었다는 말입니다. 농부는 이 자연의 생명력을 알아서 곡식은 심고 가꾸고, 잡초는 뽑고 제거하면서 원하는 것을 얻어 나갑니다.

마찬가지입니다. 사람 마음도 살아 있기 때문에 끊임없이 무언가가 그 속에서 일어나고 사라집니다. 그런데 대게 그 일어나는 것은 안이비설신의라고 하는 눈과 귀와 코와 입과 몸과 마음의 육근이 수많은 경계들과 관계를 맺으면서 어떤 인자들을 형성해서 마음에 심어 가는 것입니다. 때로는 의식 속에, 때로는 무의식 속에 그 인자들이 심기는데 이것이 바로 업을 형성하는 기초가 되는 것들입니다.

마음도 땅과 같습니다. 땅 속에서 씨앗들이 여러 변화를 겪어서 땅 위로 싹을 틔우고 나오듯이 마음의 씨앗들도 마음속에서 변화를 겪다가 마음 바깥의 행동이라는 결과로 나타나게 됩니다.

그러니까 땅과 같은 마음에게도 잡초는 뽑고 제거해 주며, 곡식은 심고 가꾸면 되는 것입니다. 잡념이 일어난다고 괴로워하거나 성가시게 생각할 것이 아니라, 심어야 할 것은 심고 뽑아야 할 것을 뽑아 주면 되는 것입니다.

땅에도 곡식이 무성해지면 잡초가 힘을 잃고, 잡초가 무성해지면 곡식이 힘을 잃습니다. 그러니까 마음의 잡초를 뽑는 일도 중요하지만, 어떤 씨앗을 심는가는 것도 중요한 일이 됩니다. 마음에 심고자 하는 씨앗이 튼튼히 자라나기 시작하면 잡초는 그 힘을 잃고 말 것이기 때문입니다. 때맞춰 심고 때맞춰 뽑아야 할 것을 미리미리 알아서 끊임없이 마음 밭을 가꾸어 볼 일입니다.

어떤 것을 심고 어떤 것을 뽑을 것인지 지혜의 도움을 받아서 끊임없이 마음을 내 마음대로 잡아 가는 것이 중요한 일이지, 잡념이 일어나지 않기를 바라는 것은 어리석은 일이라는 것을 땅은 가르쳐 줍니다. 땅이 생명력을 잃으면 잡초는 더 이상 자라나지 못합니다. 마음이 죽으면 잡념이 일어난다는 사실조차 인식하지 못합니다.

땅에 잡초가 없기를 바라지 않고, 마음에 잡념이 없기를 더 이상 꿈꾸지 않으렵니다. 다만 필요에 의해 땅을 일구듯, 마음에 자라나야 할 것을 좀 더 확고히 하고, 뽑혀야 할 것만 잘 가려 뽑으면 될 테니 말입니다.

그리고 무엇을 심을까요?

아마도 사랑과 연민, 감사와 기도, 행복과 깨달음 등의 마음 씨앗을 심어야 할 것 같습니다. 이런 것들이 일단 굳건히 자리 잡기 시작하면 잡념이 없어지지는 않는다 하더라도 더 이상 내 마음을 어떻게 하지는 못할 것이고, 그렇게 가꾸다 보면 잡념이 일어나지 않고 정당한 생각만 일어나는 경지에 이를 수도 있을 것입니다.

원불교 정산종법사님께서도 "사심은 끊어졌다 할지라도 필요 없는 망상이 있으니, 이 망상까지 끊어져야 하지만 망상과 잡념이 일어난다고 하여 성가시다 생각 말고 숭배만 아니 하면 자연히 없어질 날이 있을 것이니 괴로워하지는 말라."고 제자들을 독려하셨습니다.

마음의 움직임에 관심을 갖고 자세히 들여다보면서 원하는 씨앗을 심고 가꿔 보면 어떨까요?

짧은 답글

돌아보지 못했던 땅과 마음에 대해 생각해 봅니다. 살아 있기 때문에 비도 오고 바람도 불고 햇빛도 비추고 한다는 것을……. 그래서 마음도 늘 요동치고 있다는 것을……. 지혜로 헤쳐 나가야 한다는 것도……. 감사합니다.

－박성기

그리스인의 지혜와
사랑에서 배운다

지중해 연안의 도시들인 로마, 이스탄불, 아테네, 카이로, 룩소르 등을 중심으로 연수를 다녀왔습니다. 그중에서도 신화와 역사의 경계가 모호한 나라, 민주주의의 발상지, 올림픽이 시작된 나라인 그리스에서 휴머니즘, 인간에 대한 존중과 사랑을 진하게 느낄 수가 있었습니다.

하루에도 수백 번씩 '사랑해'라는 말과 '고마워'라는 말을 하면서 사랑과 감사를 표현하는 그리스인들은 그 오랜 역사와 문화의 전통에 입각한 그들만의 독특한 삶의 방식을 간직하고 있는 것 같았습니다.

그리고 그 오랜 역사와 전통은 그리스 특유의 논리와 대화를 중요시하는 교육방식, 아이들 특성에 따른 개별교육, '뻬다고고'라고 하는 독특한 산교육 방식에 의해 대대로 계승이 되고 있는 것 같아 보였습니다. 그리스인들은 교육이 이루어질 수 있는 최적기를 말귀를 알아듣는 3~4살 유아기에서부터 자신의 의사에 따라 거절을 할 수 있을 정도의 나이인 초등학교 6학년 정도까지로 본다고 합니다. 그 기간 동안은 반드시 엄마가 아이의 손을 잡고 유치원이나 학교까지 바래다주고, 유치원이나 학교가 마칠 시간을 기다려서 함께 집에 돌아오면서 산교육을 시키는데 이 독특한 교육방식을 '뻬다고고'라고 합니다. 이 교육 방식은 아주 오래된 전통인데 요즘처럼 맞벌이 부부가 늘어난 상황에서는 퇴임하신 어르신들을 '뻬다고고'로 기용을 해서 엄마를 대신해서 살아 있는 교육을 할 수 있도록 한답니다. 그렇게 엄마 손을 잡고 유치원이나 학교를 오가는 사이에 어머니의 가치관과 사상은 아이들에게 전해지고, 엄마는 아이들의 고유한 본성을 파악하여 그 아이의 잠재성과 역량을 발휘할 수 있는 기회를 제공하는 방향에서 교육을 시켜 나갑니다.

뿐만 아니라 학교 교육 시스템도 모든 아이에게 획일적인 교육을 시키는 것이 아니라 오후 2시까지의 수업에서는 모든 학생이 배워야 할 기본 교육만 시킨답니다. 체육이나 음악, 미술과 같은 예능이나 실기 교육 등은 일체 없다고 합니다. 그러나 방과 후에 다양하고 저렴하게 개설되어 있는 예술이나 기능교실에서 아이들의 자질과 취미에 따라 맘껏 배울 수가 있다고 합니다. 나라에서 지원하는 그 기관들에는 각 방면의 전문가가 배치되어 있어서 본인의 의사에 따라 특정한 영역을 충분히 배울 수가 있다고 합니다. 이러한 개별 맞춤 교육 시스템은 자아실현을 돕고 전문가를 배출하는 요람이 되는 것입니다.

그래서 그런지 그리스인들은 어딘지 안정되어 보이고 인정이 넘쳐 보

였습니다. 그것은 받은 사랑만큼 영적으로 풍요로워진 것이 아닌가 하는 느낌을 갖게 했습니다. '뛰는 사람을 보면 도둑이나 뛴다.'고 생각을 하기 때문에 뛰어다니는 사람이 없는 나라, 자판기가 빼 주는 것을 존귀한 사람이 받아먹을 수 없다고 하여 자판기가 없는 나라, 쇼핑이나 물질 소유가 중요하지 않아 백화점이 없는 나라. 있어야 할 것이 있고 없어야 할 것이 없는 나라, 그리스는 많은 것을 생각하게 했습니다.

연간 1인당 국민 소득이 2만 불도 되지 않지만, 일주일에 30시간만 일하고 나머지는 가족과 함께 휴식을 즐기며 인간에게 진정으로 고귀한 것을 추구하며 사는 그들을 보면서 그 자신에 대한 사랑, 인간에 대한 사랑은 어디에서 비롯되었는가는 의문을 갖게 했습니다.

이러한 인간에 대한 사랑은 인권을 보장하는 민주주의 사상을 낳았고, 정신뿐 아니라 육체를 가진 인간에 대한 사랑은 올림픽의 발상을 가능하게 하지 않았을까 하는 생각에까지 미쳤습니다. 그러다 머리를 들어 아크로폴리스에 우뚝 서 있는 파르테논신전을 보면서 그 사랑의 원천을 짐작할 수 있었습니다.

인간에 대한 사랑의 원천은 바로 지혜에 대한 사랑이 아닐까 하는 것입니다. 파르테논신전은 지혜의 신이자 아테네의 수호신인 아테나를 위해 B.C. 447년에 건축하기 시작하여 B.C. 438년경에 지어졌다고 합니다. 이 파르테논신전은 아테네 시 어느 곳에서도 쉽게 바라보일 만큼 도심에 우뚝 서 있었습니다. 지금부터 2,400여 년 전부터 그리스인들은 삶의 여러 가지 문제들에 부딪힐 때마다, 중요한 선택의 기로에 서게 될 때마다 이 파르테논신전을 바라보면서 지혜의 여신을 빌려서 자신의 내면의 지혜를 개발해 온 것은 아닐까요?

수천 년간 지혜의 신 아테나를 모시고 흠모하면서 자신 내면의 지혜에 대한 사랑을 키워서 철학이 꽃피게 되었던 것이 아닐까 하는 것입니다. 철학, 말하자면 진리·지혜에 대한 사랑이 사람으로서 가치를 둬야 할 것이 무엇인가에 대해 일찍 눈뜨게 했고, 그 중요한 것 중의 하나가 바로 사랑과 감사라는 것이 아니었을까요?

그래서 정신과 육신을 건강하게 가꾸며, 자아에 눈을 뜨고 개성을 발휘하면서도 타인의 개성을 존중할 줄 아는 삶을 영위할 수 있게 사회 제도나 문화가 형성이 되도록 해 온 것은 아닐까 하는 것입니다.

연소득과 삶의 질이 비례하지만은 않는다는 사실이 새삼스럽게 와 닿았습니다. 그동안 삶의 질이 경제력이라는 요소에 너무 크게 좌우된다는 사실을 공식처럼 믿어 오지는 않았는지 반성이 되었습니다.

미국을 선두로 하여 발전해 온 자본주의와 물질문명의 발달이 인류의 삶에 편의를 제공하고 더 많은 물질적인 소유를 가능하게 했지만, 지구촌의 환경 보전과 인류의 정신문명 발달에는 적지 않은 악영향을 끼치고 있는 것이 아니냐는 것입니다.

지금부터라도 너무 '돈, 돈' 하지 말고 지혜의 신 아테나를 사랑하며 자신의 지혜를 빛내고, 그 지혜에서 비롯된 사랑과 감사로 삶을 가꿔가는 그리스인들에게 배워서 진정한 삶의 가치를 찾고 추구하며 살아야 하지 않을까요?

짧은 답글

쫓기듯, 앞서가지 않으면 안 되는 듯…… 세상사는 것은 그것이 아닌데 나도 모르게 휩쓸려 가는 모습 속에서 다시 한 번 삶의 의미를 되새기는 글입니다.

— 성남(성원)

핏줄이 당겨서
— 터키인의 한국인 사랑

2002년 월드컵에서 국제적인 형제애를 뜨겁게 보여 주었던 나라, 세계에서 가장 큰 야외 박물관이라 불리는 나라, 한때는 동로마제국이란 이름으로 비잔틴 문화를 이끌었던 터키를 둘러보면서 터키인들의 한국인에 대한 사랑을 가슴깊이 간직하고 돌아온 것 같습니다.

짧은 일정관계로 이스탄불 시내의 성소피아성당, 블루 모스크, 그랜드 바자르, 톱카프 궁전, 돌마바흐체 궁전 등을 둘러보고 보스포러스 해협을 선상에서 감상하는 정도로 관광은 이루어졌지만, 터키 관광은 아무래도 터키인들과의 접촉을 통해 그 진수를 느낄 수 있었습니다.

궁전을 둘러보다가 보스포러스 해협이 바라다 보이는 난간에서 쉬면서 한국 노래를 부르고 있자니, 호기심 어린 고등학교 남학생들이 하나둘 모여들기 시작했습니다. 수학여행을 왔다는 터키 남학생들이 어느새 수십 명이 몰려들더니 우리가 부르는 노래와 손동작들을 호기심 있게 한참을 바라보았습니다. 한국인이냐고 물어 오기에 그렇다고 했더니 그때부터 상황은 완전히 바뀌었습니다. 언어가 통하지 않으니까 무조건 "대한민국 짜잔짠 짠짠!"이라는 구호를 외치고 손뼉을 치면서 너무 반가워했습니다. 카메라를 갖다 대며 함께 사진을 찍으며 뿌듯해하고 즐거워했습니다. 선생님도 예외가 아니었습니다. 이렇게 터키인들과 즐겁게 사진을 찍으며 터키인들이 한국인을 정말 좋아하는구나 하는 사실을 몸으로 체감할 수 있었습니다.

그때뿐만이 아니었습니다. 시장에 가도 한국인이라 하면 물건 값을 심하게 부르지도 않고, 포도를 사면 포도를 끼워 주고, 체리를 사면 체리를 끼워 주었습니다. 옆에서 지켜보던 택시 운전수도 한국인이라는 말에 그냥 넘어가지를 않았습니다. 한국인을 만났다는 사실만으로도 반가워하며, 한국은 잘 있는지 궁금해하며 친근감을 나타내는 것이었습니다. 식당도 예외가 아니었습니다.

가이드 말에 의하면 터키인들은 한국전쟁 때 형제국으로 참전했을 뿐 아니라 한국인을 사모해 온 지가 꽤 오래되었다고 했습니다. 하지만, 한국인들이 너무 무심해서 자기들의 짝사랑 세월이 길다고 하소연을 하였습니다. 하지만, 월드컵의 인연으로 비로소 한국인들도 터키인에게 조금 관심을 가져 주는 것 같아 늘 애가 탄다고 했습니다.

사실 한국에 터키는 그렇게 잘 알려지거나 친숙하거나 교류가 많은 나라는 아닌 것 같습니다. 터키는 아시아와 유럽에 걸쳐 있는 서아시아 나라로 정식명칭은 터키공화국입니다. 인구는 약 6,500만 명 정도이며,

언어는 터키어, 종교는 이슬람교가 중심이 되고 있습니다. 터키에는 기원전 6,000년경의 세계에서 가장 오래된 아나톨리아 원주민의 농경취락 유적이 있는 것으로 보아 그 이전부터 이 땅에 사람들이 살기 시작했던 것으로 짐작하고 있습니다. 1,870년대부터 전설의 도시라 생각했던 트로이 유적이 발견됨으로써 터키의 고대 신화와 역사가 다시 한번 세계

역사가의 주목을 받고 있습니다.

터키는 유럽과 아시아를 잇는 교차로에 위치하고 있어서 수없는 이민족의 침입을 받아 왔습니다. 그중에서도 특히 터키가 로마제국의 지배를 받던 A.D. 395년 로마제국이 분열할 때 동로마제국(비잔틴제국) 영토가 되어 콘스탄티노플이 수도가 되었고, 1,600여 년간 제국의 수도로서 세계문명의 중심이 되어 왔습니다. 세계사 책에서나 읽었던 그 콘스탄티노플이 바로 오늘날 이스탄불이라는 사실을 개인적으로는 이번 여행을 통해 알게 되었습니다. 이조 500년간 수도로 지낸 서울의 경우 한국의 사회, 문화, 경제의 중심이 되어 있는 것을 보면 1,700여 년간 제국의 수도로서 지속되어 온 이스탄불의 문화와 유적의 가치는 비로소 상상이 가능해집니다. 그래서 이스탄불에는 세계적인 유적과 사원이 많습니다. 특히 기독교의 성지와 유적이 많은 것 같습니다. 그렇지만 지금은 거의 90% 이상의 국민이 이슬람교를 믿기 때문에 방문하는 사원마다 열심히 기도를 드리는 무슬림을 쉽게 만날 수 있습니다.

그런데 개인적으로 감동을 받은 것은 문화유산이라기보다는 현지의 터키인들과 한국인의 특별한 인연관계에서 온 감동이었습니다. 터키인들은 2002년 월드컵 훨씬 이전부터 형제국민으로서 한국인을 사랑해 왔고, 이유 없이 사랑한다는 것입니다. 그래서 시장에서, 식당에서, 관광지에서 만난 거의 모든 터키인들은 격의 없는 친근감과 친절함을 나타냈던 것입니다.

이 터키인의 한국인 사랑을 어떤 관광객은 '핏줄이 당겨서'라고 정의를 내렸다고 합니다. 왜 핏줄이 당겨서 한국인을 사랑할 수밖에 없었던 것일까요?

비잔틴제국은 오스만투르크의 침입에 의하여 막을 내리게 되는데, 그 오스만투르크의 혈통이 바로 투르크족, 돌궐족이라는 사실입니다. 학창시절 역사시간에 한 번쯤은 들어본 돌궐족은 바로 몽골계 우랄알타이어족으로서 우리와 같은 피가 흐르고 있다고 합니다. 살 곳을 찾아 서아시아 지중해 유역까지 흘러갔지만, 피 속에는 몽골을 그리워하는 그리움이 사무쳐서 한국인만 보면 그 그리움이 꿈틀거려서 한국인을 사랑할 수밖에 없다는 지론입니다. 외모로 보면 피가 많이 섞여서 전혀 달라 보이지만 그 내면에 흐르는 피가 같은 혈통을 알아보고 끌려 하고 좋아한다는 것입니다.

그 말을 듣고 보니 이유가 없이 '피가 당겨서 사랑할 수밖에 없는 사랑'에 대해 한 감상이 들었습니다. '사람을 사랑할 때 그럴 수 있으면 얼마나 좋을까? 이해관계도 없이, 다음날의 기약도 없이, 단지 피가 당겨서 사랑할 수 있다면 얼마나 좋을까?' 하는 것입니다.

그런데 알고 보면 우리 모든 생명이 하나로 연결되어 있다고 합니다. 그래서 각 종교의 안목이 열린 성현들은 사생일신, 형제애, 인류애를 똑같이 강조하시는 것입니다. 원불교의 경우도 시방 삼계가 다 나의 소유이며, 모든 생명의 나와 하나라고 하셨습니다.

이유 없이, 조건 없이, 기약 없이 단지 핏줄이 당겨서 동료와 이웃, 인류를 사랑할 수 있다면 얼마나 좋을까요? 본능적으로 핏줄이 당겨서 사랑할 수 있다면 노력할 일도 없겠지만, 지금까지의 경험으로는 그 정도에 이르지 못한 것 같습니다. 지금부터라도 대종사님, 정산종사님, 대산상사님께서 말씀하셨던 일원주의, 삼동윤리의 정신에 기초해서 정말 핏줄이 땡기는 것처럼 사람을 사랑하며 살고 싶습니다. 그렇게 사랑할 수 없는 것은 아직 잘 몰라서 그렇습니다.

그 그리움이나 사랑은 사실은 깨달은 만큼 가능해집니다. 깨달으면 깨달을수록 내 생명 하나가 따로 떨어진 것이 아니고, 어떤 큰 기운 속에 서로 연결되어 있다는 사실을 알게 될 것입니다. 그것이 더욱 확실해질 때까지 열심히 노력을 해야 할 것 같습니다. 핏줄이 당겨서 사랑하지 않을 수 없을 단계까지 말입니다.

그런데 어쩌면 이미 본능적으로 핏줄은 땡기고 있으련만 이기심이나 욕심에 가려서, 또는 편견에 가려서 그 본능적 사랑을 무시하고 있는지도 모르겠습니다. 노력해서 깨달음을 얻어 간다면 그 지혜의 빛을 따라 욕심의 어둠이 물러가면 자연스럽게 그 사랑이 발현되지 않을까요? 지금은 노력하는 수밖에 없는 것 같습니다.

짧은 답글

아~ 터키…… 갑자기 그립고 가고 싶은 나라로 내 안에 자리 잡았습니다. 감사합니다. 잊고 살았던 우리네 전생 핏줄을 깨닫게 해 줘서.
^^ –정봉원

포도송이의
결단

포도 수확이 한창인 계절에 질 좋은 포도가 조금 생겼습니다. 일반 포도의 가격보다 두 배가 넘는 최상품 포도는 우선 모양부터 달랐습니다. 포도 알이 얼마나 굵고 큼직큼직한지 몇 알 붙지 않고 한 송이를 이루고 있었고, 당도도 높고 맛도 좋았습니다. 처음에는 이래서 상품으로 분류가 되는구나 하는 생각에만 그쳤습니다.

그런데 두 번째 포도를 씻으면서 수도 없이 떨어져 떠다니는 쭉정이 포도를 보고서야 고급 포도가 될 수 있는 한 가지 이유를 발견했습니다. 물론 양질의 포도가 되기 위해서는 품종이 좋아야 합니다. 그 포도의 기본기를 이루는 중요한 요소가 되기 때문입니다.

하지만, 같은 품종의 포도나무에서도 어떤 것은 상품 가치가 높은 상품이 되고, 어떤 것은 질 낮은 하품이 되는 차이를 무엇으로 설명할 수 있을까요? 포도를 씻다가 발견한 쭉정이 포도에서 그 분명한 차이를 발견했습니다.

 그것은 바로 포도송이의 결단과 관련된 문제였습니다. 포도송이가 하나의 굵고 질 좋은 포도가 되기 위해서는 수많은 쭉정이 포도 알들을 떨어뜨려 낸다는 것이었습니다. 포도는 쭉정이 포도 알을 떨어뜨리기가 죽도록 싫었을 것입니다. 생명의 본능은 살려고 하는 의지이기 때문입니다. 하지만, 한 알의 포도 알을 건강하게 가꾸기 위해서 수도 없는 쭉

정이 포도 알을 떨어뜨려야 한다는 것을 아는 것도 본능일 것입니다.

'어떻게 살아야 할 것인가?'라는 쉽게 풀리지 않는 화두를 안고 사는 내게 한 송이 상품의 포도송이는 한 가닥 해결의 실마리를 안겨 주는 것 같았습니다.

선택과 집중이었습니다. 떨어뜨려 낼 것은 떨어뜨려 내는 선택과 확실한 포도 알만 살려 남기는 집중을 통해 한 송이의 질 좋은 포도가 될 수 있었던 것입니다. 얼마 전 교무 훈련에서 다양하고 급변하는 현대사회에 살아남기 위해서 시급한 과제 중의 하나가 바로 핵심역량을 바탕으로 한 선택과 집중의 경영이라는 교수님의 지적이 포도송이를 보니 더 분명하게 와 닿았던 것입니다.

정보가 넘쳐나고 변화가 빠른 요즘 같은 지식정보 사회일수록 선택과 집중에 의한 특화 전략이 개인이나 조직이 살아남고 의도한 대로 나아가게 하는 유일한 방책이라는 것입니다. 시간이 무한하고 에너지가 남는다면 모르지만, 한정된 시간과 에너지로 원하는 삶을 살아가기 위해서는 그 적절한 선택과 집중이 반드시 필요합니다.

돌이켜 보니, 어릴 때는 의욕이 앞서서 이 선택과 집중이라는 말을 도무지 믿을 수가 없었습니다. 대학 생활을 처음 시작했을 때 어른님들께서 "훌륭한 나무를 가꾸기 위해서는 가지치기를 해 주어야 하듯이 너도 훌륭한 재목으로 자라나기 위해서는 가지치기를 잘 해서 불필요한 에너지를 낭비하지 않도록 주의하라."는 당부를 수도 없이 들었지만, 그때까지만 해도 세상은 넓고 할 일은 많았습니다.

그래서 피아노도 치고, 꽃꽂이도 배우고, 붓글씨도 배우고, 기타도 배우고, 영어공부도 하고, 교사연구도 하고, 교리연구도 하고, 보육원 자원봉사 교사도 하면서 바쁘게 시간을 보냈습니다. 할 수 있는 것이 많았고, 해야 할 것이 많아서 몸과 마음이 언제나 바빴습니다. 하지만, 세월이 흐르고 지금 와서 생각해 보니 지금까지 계속하고 있는 일들은 몇 가지가 되지 않습니다.

피아노나 꽃꽂이, 붓글씨, 그림 등은 내가 언제 그런 것들을 배운 적이 있었던가 싶을 정도로 지금의 내 삶과는 완전히 동떨어진 한때의 기억에 불과한 것들이 되어 있습니다. 물론 그러한 과정을 통해서 선택해야 할 것과 집중해야 할 것들에 대한 분별력이 생기기도 했겠지만, 그것들에 투자된 시간과 에너지를 좀더 선택적이고 집중적으로 사용했다면 어떤 일이 일어났을까요?

지난 시간에 대한 가정과 예측은 별로 바람직한 일이 아닙니다. 하지만, 이제는 누가 뭐라고 하지 않아도 선택해서 집중할 것에 대한 분별력이 생기는 것 같고, 그것이 꼭 필요하다는 생각이 듭니다.

후배를 만났더니 방학을 마치고 돌아온 대학교 1학년 남학생의 2학기 계획은 화려하고 찬란했습니다. 꿈에 부풀어 무엇도 하고, 무엇도 하겠다는 계획을 쭉 늘어놓는 것을 지켜보던 교무님께서 한 말씀 하셨습니다. "그렇게 많이 하는 것도 중요하지만, 그중에 하나라도 꼭 필요한 것을 지속할 수 있었으면 좋겠다." 선택과 집중의 중요성을 넌지시 해주신 말씀입니다.

뭐든지 덧붙이고 욕심을 부리기는 쉽지만, 떨어뜨려 내고 멈추기는 쉽지 않습니다.

원불교 대종사님께서도 열반하시던 해 교리의 중요한 골격을 도식화한 교리도를 발표하시면서 "내 교법의 진수가 모두 여기에 들어 있건마는 나의 참뜻을 아는 사람이 몇이나 될꼬. 지금 대중 가운데 이 뜻을 온전히 받아 갈 사람이 그리 많지 못한 듯하니 그 원인은, 첫째는 그 정신이 재와 색으로 흐르고, 둘째는 명예와 허식으로 흘러서 일심 집중이 못 되는 연고라, 그대들이 그럴진대 차라리 이것을 놓고 저것을 구하든지, 저것을 놓고 이것을 구하든지 하여, 좌우간 큰 결정을 세워서 외길로 나아가야 성공이 있으리라."는 당부의 말씀을 하셨습니다.

이 말씀은 제자들에게 오롯하게 교역자의 길을 걸으라고 해 주신 말씀이지만, 오늘을 살아가는 우리들에게도 시사하는 바가 큽니다. 자신에게 맞는 무엇인가를 선택하고 거기에 집중을 해야 성공할 수 있다는 뜻으로 이해할 수 있기 때문입니다.

선택과 집중을 통해 특성화를 하면 부족한 영역이 있게 마련입니다. 그것은 자리이타의 공존을 통해 해결하는 수밖에 없습니다. 혼자서 모든 것을 할 수도 없고, 하기도 어렵기 때문입니다. 아름다운 연대, 서로 돕고 나누는 미덕으로 보완할 수 있도록 하고, 지금 우리 모두에게 필요한 것은 선택과 집중입니다.

크고 충실한 포도송이의 결단처럼 우리 삶에서도 매 순간 결단이 필요한 것은 아닐까요?

오늘은 마음공부를 시도하며 희망적인 성공의 그림 한 점을 받아 냅니다. "뭐든지 덧붙이고 욕심을 부리기는 쉽지만, 떨궈 내고 멈추기는 쉽지 않다." 한 번, 두 번, 여러 번 마음 안으로 깊이 들이밀면서 고개 숙이는 기원의 마음으로 희망적인 나의 모습을 지켜 냅니다.

－유민자

지난 겨울의 한기로
이 더위를 이겨낼 수 없듯이

날씨가 너무 더울 때는 지난겨울의 한기를 기억해 내서 시원하게 할 수 있으면 좋지 않을까 하는 엉뚱한 생각을 해 봅니다. 불과 몇 개월 전이었던 그 겨울의 추위를 떠올려 봐도 지금 이 순간의 더위가 시원해지지는 않습니다. 결코 지난겨울의 한기로 지금의 열기를 식힐 수 없기 때문입니다.

지난 일이란 이런 것입니다. 지금도 계속되고 있지 않다면 지난번에 있었던 일시적인 사건 자체만은 의미가 없는 것입니다. 그렇기 때문에 지금도 계속되지 않는 일이라면 잘 잊어버리는 것도 정말 중요하겠다는 생각이 듭니다. 과거에 어떤 일이 있었다면 그 당시에 충분히 해결을 하고, 현재로 끌고 오지 말아야 합니다. 기억 속에서 지워 버리는 것이 필요하다는 것입니다. 그렇게 깔끔하게 잊어버리고서 늘 지금 이 순간의 있는 그대로의 모습으로 그 자체를 만나야 하는 것입니다. 기억에 의존하는 것이 아니라 굳건한 현재의 사실에 기초해서 만난다는 것입니다.

실제 상황도 아닌 과거에 대한 좋지 않은 기억을 지니고 살아간다는 것은 자신 둘레에 벽을 쌓는 행위와 같습니다. 벽이 높아질수록, 벽이 길어질수록 자신의 자유가 제약당하고, 미래에 대한 가능성이 줄어들게 됩니다. 부자유와 불가능을 좋아할 사람은 없습니다. 하지만, 오래된 습관 때문에 그런 벽 쌓기를 계속하며 스스로 고통받으며 살아가기가 쉽습니다.

괴롭힌 예전의 그 사람은 가고 없는데, 잊지 못해서 예전의 그 고통을 안고 살아갈 필요가 있을까요? 이제 벗어나야 할 것 같습니다. 지금 괴롭히지 않으면 그는 더 이상 괴롭히는 사람이 아닙니다. 몇 년 전에 발간된 권도갑 교무님의 책 제목인 ≪지금까지 나를 괴롭힌 사람은 없다≫라는 말처럼 괴롭히는 사람은 없습니다. 혹시 일순간 괴로움을 느낄 수 있을지는 몰라도, 괴롭히는 사람은 없다는 것입니다. 그러나 많은 사람들은 실제 괴롭힘보다 괴로웠던 기억 때문에 괴로움을 당하는 것이 훨씬 더 많을 것을 생각해 보면 그 표현이 정말 적절한 것 같습니다.

　우리가 경험하고 관계하는 사물이나 현상은 변하는 면과 불변하는 양면을 공유하고 있습니다. 그러니까 우리는 변하는 것과 변하지 않는 것을 잘 보아서 잊어야 할 것은 잘 잊고, 잊지 말아야 할 것은 잘 기억하는 분별력이 필요합니다. 이러한 분별력을 갖지 못하면 잊지 말아야 할 것을 잊어버리고, 잊어야 할 것을 잊지 못하는 어리석음으로 고통받기 쉽기 때문입니다.

　보편적인 인간관계에서 사이가 나빠지는 일은 거의 없습니다. 더 이상 좋아지지도 나빠지지도 않는다는 말입니다. 하지만, 좋은 관계일 때 계속해서 좋게 지내거나 나빠지는 경우가 생깁니다. 좋은 관계다 보니, 함께 도모하는 일도 생기고, 기대치도 생기기 때문입니다. 그럴 때일수록 기억해야 할 것과 기억하지 말아야 할 것을 혼동하지 말아야 할 필요가 생깁니다.

　원불교 2대 종법사이셨던 정산종사님께서 "한 부분의 해를 받았다 하여 큰 은혜를 모르고 원망하는 것은 한 끼 밥에 체했다 하여 밥을 원수로 아는 것 같나니라."고 하셨습니다. 자신의 생명을 유지시켜 준 밥의 은혜를 잊고, 체한 것만 기억해서 밥을 원수로 여길 수는 없는 것처럼, 한때의 잘잘못으로 그 사람과의 관계 전체를 규정하고 선입관을 갖고 어색한 관계를 끌고 갈 수는 없는 일입니다.

　누군가를 떠올리거나 만났을 때 예전에 자신에게 잘 못한 것 때문에
싫거나 서먹서먹한 느낌이 있다면, 또는 예전에 잘 못한 적이 있어서
미안한 마음 때문에 어색한 느낌이 있다면 지난겨울의 한기가 이 순간
의 열기를 식힐 수 없다는 사실을 떠올려 보면 어떨까요?

　지난겨울의 추위는 가고 없습니다. 오늘의 더위만 있을 뿐입니다. 사
람도 지난번 좋지 않은 일이 있었던 사람은 가고 없습니다. 그 사람도
그때는 그렇게밖에 할 수 없었기에 그렇게 했지만, 이제는 다르게 할

수 있는 또 다른 사람이라는 열린 마음을 가지고 선입견, 편견 없이 만나고 지내야 할 것 같습니다.

　예전 대산 상사님 생전에도 누가 찾아와서 다른 사람의 지나간 일에 대해 잘잘못을 말씀드리면 "그 사람은 벌써 이사 갔는데, 너만 여기서 왜 이러느냐?"고 주의를 주셨다고 합니다.

　더워서 잠이 오지 않는 날이 있으면, 지난 인연들을 한 번씩 떠올려 보며 그간 어떤 사람으로 규정짓고 어떤 마음을 가진 적이 있었다면,

"아니지. 그 사람 이사 갔지." 하는 법문 말씀으로 마음을 정리해 보는 시간을 가져 보면 어떨까요? 그렇게 하고 그 사람을 다시 만나게 될 때에는 처음 만난 사람처럼 아무런 편견 없이 대해 보면 어떨까요?

짧은 답글

좋은 기억모음들은 마음의 향기가 되고 내가 치부해 버리는 나쁜 기억들은 마음의 긴 상처의 그림자로 남겨져 있음을 봅니다. 시간의 흐름에 큰 원을 그려 기억들을 빙빙 돌려 봅니다. 하나의 결론이 나를 향해 말을 해 줍니다. '오늘도 또 그냥 웃어 보이세요.'

– 유민자

몸이 머무는 곳에 마음을

개강이 되고, 되고 캠퍼스에 학생들의 바쁜 발걸음을 보면서 젊음의 활력을 느끼게 됩니다. 새로운 학기를 맞아 새로운 학생들과 만나는 순간이면 강의실로 들어가는 발걸음이 가볍고 가슴이 설렙니다. '종교와 원불교'라는 수업을 통해 만나게 되는 대부분의 학생들은 19세, 20세의 풋풋한 새내기들입니다. 간혹 편입생이나 만학도들이 함께하기는 하지만, 그들 또한 새로운 각오와 학업에의 열의 때문인지 신선하기는 마찬가지입니다.

한 학기라는 짧지 않은 시간을 함께하게 될 선생과 학생들의 첫 만남은 늘 서로에 대한 탐색전으로 약간의 긴장감이 돌게 되어 있습니다. 한 학기가 지루하고 의미 없이 지나갈 수도 있고, 흥미진진하고 뭔가 소중한 것을 얻어 갈 수도 있기 때문입니다. 낯선 분위기에 호기심으로 약간의 긴장감마저 맴도는 학생들의 긴장을 풀어 주고, 수업하고자 하는 것에 대해 워밍업을 하기 위해 매번 첫 시간에 던지는 질문이 있습니다.

왜 사는지, 어떻게 살고 싶은지 네 글자로 답하라는 것입니다. 그러면 "죽지 못해", "마지못해", "굵고 짧게", "행복하게" 등의 대답이 여기저기서 터져 나옵니다.

정말 우리는 어떻게 살고 싶은 것일까요? 도대체 어떻게 살고 싶어서

우리는 힘들기도 하고, 좌절하기도 하는 어려운 삶을 계속해서 살아가고 있는 것일까요? 지금 당장 죽을 수도 있는데 계속 살아가는 이유는 무엇인가는 것입니다. 정답을 가릴 수 있는 질문은 아니지만, 일단 지금까지의 잠정적인 결론은 '행복하게 살아가기 위해서'라고 보고 있습니다.

사람마다 표현하는 방식이나 용어는 다르다 하더라도 그 내용을 한마디로 요약하자면 '행복하게'라는 네 글자가 되지 않을까 하는 것입니다. 이 간단하지만 의미심장한 '행복하게'라는 말을 조금 더 자세히 분석해 보면 다음과 같이 정의 내릴 수 있을 것 같습니다.

'과거에 대한 회한이나 후회가 없고 미래에 대한 불안이나 공포가 없는 상태로 몸과 마음에 고통이 없이 평안하게 살아가는 상태.'

그렇다면 어떻게 이 '고통을 없애고 평안한 마음으로 만들 수 있을까?' 하는 것이 관건이 됩니다. 육체적 병고로 인한 고통이나 우연적인 사건에 의해 일어나는 일시적 고통은 우리가 조심한다고 자유로울 수 있는 영역은 아닙니다. 이러한 경우에는 수용의 태도를 갖는 것이 필요합니다.

하지만, 마음의 고통은 이와 다릅니다. 자기의 마음을 어떻게 사용하느냐에 따라 그 고통의 크기가 늘어나기도 하고, 줄어들기도 하기 때문입니다. 마음에 있어서는 평안한 마음으로 살아가는 방법에 관심을 갖고 어떤 힘을 얻는 것이 행복과 아주 중요한 관계를 갖습니다.

마음의 고통을 없애는 가장 명확한 방법은 바로 어리석은 안목을 벗어나서 참지혜를 얻는 것입니다. 참지혜란 거창하게 깨달음이라는 말을 빌리지 않고도 '세상을 있는 그대로', '사실대로 바라볼 수 있는 지혜'를 의미한다고 볼 수 있습니다.

그러면 왜 우리는 지혜를 얻지 못하고 세상을 있는 그대로 바라보지 못하는 것일까요? 왜 우리는 사실을 사실대로 직시하지 못하는 것일까요?

그것은 '나'에 대한 잘못된 이기적 욕망을 벗어나지 못하고 모든 것을 내 본위로 보기 때문입니다. 우선은 '나'를 제대로 알지 못하고 그 '나'에 가려서 '나'가 살아가는 터전이 되는 세상에 존재하는 것들이나 현상을 있는 그대로 바라볼 수가 없습니다. 그리고 그것들이 돌아가는 이치를 알지 못해서 고통의 악순환으로부터 벗어나지 못하고 있다는 것입니다.

사실 '나'라는 것을 현생에서의, 이 육체를 가진, 어떤 개별적인 실체로만 한정을 짓고 바라보게 되면 욕심을 부릴 수밖에 없을지도 모릅니다. 당장 이 몸이 중요하고, 지금이 중요하고, 내가 중요하기 때문입니다. 이러한 '나'에 대한 집착은 과거에 대해서 자꾸만 후회하게 만들고, 미래에 대해서 조바심치고 두려워하게 만듭니다. 과거에 조금만 더 잘할 것을, 과거에 누가 조금만 도와줬더라면, 과거에 어떠했더라면 하면서 과거에 대해 후회하고 원망을 하게 만들고, 미래에 대해서는 좋은 상황이 나빠질까 봐, 가지고 있던 것을 잃을까 봐 전전긍긍하면서 두려워하게 되는 것입니다.

세상에는 '어떤 고정된 실체'는 없습니다. '나'라고 하는 것마저도 고정된 것이 아닙니다. 이 나는 계속해서 변화하고 있기 때문입니다. 그런데도 눈에 보이는 육체를 가진 이 '나'를 전부로 생각하기 때문에 집착하고 구하는 바가 있게 되는 것입니다. 그렇게 하다 보니 과거나 미래에 대한 후회나 두려움으로 정말 중요한 '지금 이 순간'을 놓치게 되는 우를 범하는 경우가 허다하게 됩니다.

그렇다면 어떻게 하면 존재하지도 않는 것에 대한 집착이나 추구함으로부터 빚어지는 고통들을 극복할 수 있을까요?

먼저 이 세상 존재하는 모든 것이 인연에 의해 이합집산이 될 뿐이라는 사실을 인식해야 합니다. 현대인들이 좋아하는 돈, 사랑과 때로는 목숨과도 맞바꾸는 그 돈이라는 것도 내게 머무를 상황이면 머무르고 인연이 다하면 없어집니다. 그렇게 사랑하던 사람, 없어서는 살 수 없을 것 같은 사람도 인연이 다하면 떠나가게 마련인 것처럼 말입니다.

하지만 이 인연법에 의해 모였다 흩어지는 모든 것들도 모여 있는 순간이 있는 법입니다. 사람들이 고정된 실체가 있는 것처럼 믿는 까닭은 우리가 이렇게 어떤 몸을 가지고 이렇게 엄연히 존재하고 있기 때문입니다. 바로 지금 이 순간 어떤 육체를 가지고 있는 '나'라는 것은 모이고 흩어지는 실제 '나'의 일부일 따름이라는 것을 안다면 문제는 쉬워집니다.

엄연히 존재하고 있는 이 순간 '몸이 존재하는 곳에 마음이 함께한다.'면 있지도 않은 과거나 미래에 연연해하거나 불안해하는 어리석은 고통으로부터 벗어날 수 있다는 것입니다. 이를 다른 말로 한다면 '일심'으로 산다는 말입니다.

일을 하면 일을 하는 곳에, 무엇을 먹으면 무엇을 먹는 곳에, 잠을 자면 오롯이 잠을 자는 곳에, 사람을 만나면 사람을 만나는 그곳에 마음이 함께한다면 불안정하고 영원하지 않은 자신에 대한 집착이나 욕심이 자리할 곳이 없어지게 마련입니다.

그래서 옛 법 높은 수행자들이 '도가 어디 있느냐?'는 물음에 '배고프면 먹고 졸리면 자는 데 있다.'고 답한 것은 아닐까요? 오로지 일심으로 밥을 먹고, 일심으로 잠을 잘 수 있는 가운데 도가 있고 행복이 있었기 때문은 아닐까 하는 것입니다. 몸이 머무는 곳에 마음을 집중해 보세요. 실제 겪고 있는 고통의 절반은 사라져 버릴지 모릅니다.

짧은 답글

이 글을 읽으며 작년 첫 수업이 되살아났습니다. 옹알거리며 '행복할게요'라고 대답하던 자신을 보게 되었어요. 그러고는 책상 앞에 적어 놓았습니다. 일심이라고…… 복잡하게만 느껴지는 삶을 살아가는 방법을 배우고 가는 것 같습니다.^^ 은종 교무님 감사합니다.

— 이지영

우리 아이에게
물려주고 싶은 것

매일 지나다니는 길가에 멋있게 생긴 진돗개 한 마리가 있었는데, 얼마 전에 보니 완전히 살이 빠져서 앙상하게 말라 있었습니다. 무슨 일인가 하고 궁금해서 가까이 다가갔더니 새끼 5~6마리가 오글오글 서로 몸을 포개고 웅크리고 있었습니다. '저 진돗개가 암컷이라 새끼를 낳고 기르느라 저렇게 살이 빠졌구나!' 싶으면서 부모는 모든 것을 주어서 저렇게 자식들을 기르는데 자녀들은 그것을 알기가 참 어렵구나 하는 사실을 다시금 인식할 수 있었습니다.

진돗개는 살이 빠져 가면서 젖을 먹여서 기르는 그 기간도 짧습니다. 하지만 사람은 그것이 아닌 것 같습니다. 자녀가 행복할 수 있도록 부모의 모든 것을 아낌없이 주려고 하기 때문입니다. 자녀에게 더 좋은 것을 물려주려고 세상의 모든 부모들은 오늘도 허리가 휘고, 등이 굽고 있는 것이 아닌가 하는 것입니다. 그래서 부모들은 살아생전에는 아이들의 성장과정에 따라 질 높은 교육, 맛있고 멋있는 음식과 옷, 쾌적하고 부유한 생활환경으로 자녀들에게 제공하고, 죽어서는 부동산을 포함한 많은 유산을 남겨 주기 위해서 돈을 벌고 모으고, 때로는 정당하지 못한 방법으로라도 돈을 모으는 유혹에 넘어가기도 합니다.

하지만, 정작 자녀들은 그 고마움에 대해 눈뜨기 어려운 현실을 돌아보며 자녀들이 영원히 행복할 수 있도록 물려줘야 할 것이 무엇인가 하고 생각해 봅니다.

원불교 대종사님께서는 "모든 사람에게 천만 가지 경전을 다 가르쳐 주고 천만 가지 선(善)을 다 장려하는 것이 급한 일이 아니라, 먼저 생멸 없는 진리와 인과보응의 진리를 믿고 깨닫게 하여 주는 것이 가장 급한 일이니라."고 하셨습니다.

대종사님께서 살아계신다면 "자녀에게 별별 것을 다 해 주고, 별별 유산을 물려주는 것이 급한 일이 아니라, 먼저 생멸 없는 진리와 인과보응의 진리를 믿고 깨닫게 해 주는 것이 가장 급한 일이니라."고 하시지 않았을까 하고 생각해 봅니다.

정말 자신의 목숨보다 소중한 아이들에게 좋은 교육, 많은 재산, 풍족한 환경 등을 물려주는 것도 중요하지만 그것들을 잘 활용할 수 있는 원리를 알려 주는 것이 더 소중한 것이 아닌가 하는 것입니다.

살다 보니까 돈은 있다가도 없어지고 없다가도 있어지는 것이니, 돈이 많고 부유하다고 해서 반드시 행복한 것은 아니라는 생각이 들었습

니다. 그런데 그런 것들을 잘 다루는 법을 아는 사람은 돈이 있으나 없으나 이번 생뿐 아니라 영원한 행복에 가까이 갈 수 있다는 생각이 듭니다. 그것들이 오고 가는 이치를 알기 때문에 없으면 장만할 줄도 알고, 있으면 잘 쓰는 방법도 알고, 있다가 없어져도 안분할 줄도 알기 때문입니다. 그런데 그 잘 다루는 법이 바로 인과를 아는 것이기 때문에 자녀들에게 많은 것을 물려주는 것이 중요한 것이 아니라 인과의 이치를 먼저 알려 주는 것이 시급하다는 것입니다.

인과의 이치의 기본은 자기가 지어서 자기가 받는다는 것입니다. 인과의 이치를 알지 못하면, 자기가 지은 것을 받으면서도 남을 원망하고, 짓지도 않은 것을 바라게 됩니다. 남이 잘되면 왜 저 사람만 잘되고 나

는 잘 안 되나 하고 하늘을 원망하거나 타인을 원망할 일이 아니라, 자기를 돌이켜 봐야 하고, 짓지 않은 복을 기대해서도 안 됩니다. 하지만, 어리석은 우리는 짓지 않은 행운을 은근히 기대하기도 합니다. 일은 조금 하고 월급은 많이 받을 수 없을까, 조금 공부하고 좋은 성적을 얻을 수는 없을까, 공부 안 하고 영어를 유창하게 구사할 수는 없을까 등등 노력은 조금만 하면서 그 이상의 결과를 바라지는 않는가는 것입니다. 하지만, 인과를 정확히 알게 되면 이런 허황된 바람을 갖지 않게 됩니다. 아무리 조금일지라도 자기가 지은 것만 자기가 받는다는 사실을 알기 때문입니다.

동창 중에 한 명은 복권을 절대 사지 않는다고 합니다. 자기가 지금까지 살아오는 것을 보면 전생에 복을 짓지 않은 것 같다는 생각이 들기 때문에 우연한 복권 당첨 같은 것은 꿈도 꾸지 않는다는 것입니다. 그래서 그런 곳에 시간이나 돈을 낭비하지 않는다는 것입니다. 어떻게 보면 인과에 대해, 그리고 자신에 대해 꽤 단호해 보입니다.

인과의 또 다른 원칙은 선인선과 악인악과입니다. 선을 심으면 좋은 결과가, 악을 심으면 나쁜 결과가 나타난다는 것입니다. 지나가는 말로 누가 "세상 착하게 살 필요 없어. 그래 봤자 소용없어. 어떻게든 자기 욕심 챙기면서 살아야 돼."라는 말을 했습니다. 마음은 그렇지 않으면서도 요즘 세태가 워낙 그런 마음이 들게 한다는 것입니다. 그래서 순간적으로 생각해도, 쉽게 긍정하고 넘어갈 수가 없었습니다. 그래서 "아니에요. 믿으세요. 잘못된 결과가 나타나는 법은 없으니까 그걸 확실하게 믿으셔야 할 것 같네요."라고 말했더니 본인도 이미 알고 있다고 하셨습니다. 정말 그렇습니다. 대충 믿거나 반신반의하면 어려움이 생깁니다. 선인선과 악인악과에 대한 분명한 믿음은 현실적인 문제에서 사람들을 지켜 줄 수가 있습니다.

또 다른 인과의 중요한 원칙은 주는 것이 받는 것이고, 받는 것이 주는 것이며, 가는 것이 오는 것이고, 오는 것이 가는 것입니다. 인과를 모르면 주는 것이 아깝고, 뺏기는 줄 알 수밖에 없습니다. 그래서 늘 뺏기지 않으려 하고, 더 많이 받기 위해 급급할 수밖에 없습니다. 하지만, 긴 세월을 두고 보면 결국 주는 것이 받는 것이고, 받는 것이 주는 것이라는 사실을 깨닫게 됩니다. 통장에 저금을 하는 것이 당장에는 돈이 나가는 것 같지만, 나중에 필요할 때 쓸 수 있도록 모여지는 것과 같다는 것입니다. 타인을 상처를 주려고 하면 먼저 상처를 받고, 타인을 대우하면 자신이 대우를 받는 것과 마찬가지입니다. 한 알의 씨앗이 썩는 것은 가는 것 같지만, 새싹으로 다시 오고, 새싹이 오는 것 같지만, 한 알의 씨앗으로 다시 가는 순환을 계속하면서 세상이 변화하는 것을 보면 금방 알 수 있습니다.

그런데, 그 오고 가고, 주고받는 것이 지금 당장 이루어지는 것이 아니라 오랜 세월을 두고 반드시 그에 상응하는 결과를 초래한다는 것입니다. 이런 사실을 잘 모르면, 어떻게든 한순간만 모면하면 되고, 남만 보지 않으면 되고, 들키지만 않으면 된다는 사고방식으로 살아가게 됩니다. 그래서 나쁜 습관을 길들이고 불행을 초래하는 삶의 태도를 간직하게 됩니다.

그러니까 어떻게든지 눈에 보이는 화려함이나 풍요로움보다 우리 아이들에게는 남이 보나 보지 않으나, 진정한 주고받는 이치를 알아서 인연에 안분하고 인연을 따라 노력하며 살 수 있도록 인과에 눈뜨도록 하는 것이 부모와 선배와 선생이 물려줄 최고의 유산이 아닐까 합니다.

그러기 위해서는 먼저 자신이 눈뜨는 일이 필요한 것은 말할 것도 없습니다. 지금부터라도 세상의 이치, 내 마음의 이치를 들여다봄으로써 인과에 눈을 뜨도록 노력해 보면 어떨까요?

 **짧은 답글**

사랑이라는 것에 대한 의미와 효과, 느낌을 알게 해 주고 싶고 자생력을 키워 주고 싶어요. 좋은 글 잘 읽고 마음 깊이 간직하고 갑니다.

－기원

깨어 있는 일

얼마 전에 돈을 잃어버린 일이 있었습니다. 요긴하게 쓰려고 아끼고 아껴서 모아 둔 달러를 잃어버린 것입니다. 그 달러를 잃어버린 사실을 알고, 그 잃어버렸다는 사실을 받아들이고, 분석하고 정리하는 일련의 과정을 통해서 마음을 들여다볼 수 있는 계기가 있었습니다.

그 단계는 이랬습니다.

첫 단계, 잃어버린 사실을 인정하기가 싫습니다. 그래서 어디엔가 있으려니 하는 기대를 갖고 애써 찾으려 하지 않습니다. 정말 없어졌다는 사실을 알면 너무 안타까울 것이므로.

다음 단계는 사실 확인의 작업입니다. 사무실의 모든 서랍, 캐비닛, 모든 장소를 샅샅이 뒤지는 것입니다. 그 다음 단계는 잃어버린 곳과는 상관없는 곳인 방과 자동차와 옷장과 모든 서랍을 다 뒤지는 것입니다. 그러고는 결론이 납니다. 확실히 잃어버렸다는 것입니다. 그때서야 가슴에서 쿵

소리가 났습니다. 정말 잃어버렸구나 하는 것을 인정하는 단계입니다.

다음 단계는 분석과 해석입니다. 왜 잃어버렸을까? 어떻게 하다가 잃어버렸을까? 잃어버리지 않을 수는 없었을까?

결론은 잃어버리지 않을 방법은 많았음에도 불구하고 잃어버렸다는 것입니다. 너무 바쁘게 살고, 너무 많은 일을 한꺼번에 처리하려 했었던 점, 한 곳에 몰아 두었던 점, 은행에 넣지 않았다는 점 등의 관리 부주의는 나의 탓이지만, 피할 수는 없는 일이었다는 점을 다시금 인식합니다. 어차피 내 것이 아니라면 큰 어려움 없이 나를 떠난 것에 대해서 차라리 고마워합니다. 나를 괴롭히지 않고 떠나 버린 그 인연의 소치에 맡기고 안분하는 것입니다.

그러나 거기가 끝은 아니었습니다. 마지막 단계가 남아 있었던 것입니다. 돈을 잃어버렸다는 사실보다 중요한 것은 마음을 잃어버리고 살아온 하나의 결과라는 점입니다. 이러한 사실을 인식하면서 지금부터라

도 한 템포 늦추고 정신을 바짝 차리고 깨어 있도록 하자는 결론에 이른 것입니다.

우리는 낮에는 늘 움직이고 있고, 뭔가를 하고 있기 때문에 깨어 있다고 생각하기가 쉽습니다. 그런데 사실은 마음이 깨어 있으면서 움직일 수도 있지만, 마음을 잃어버린 상태로도 움직일 수 있다는 것입니다.

금액이 좀 컸기 때문에 달러를 잃어버리고 그 사실을 받아들이기가 싫어서 몇 번이나 잃어버린 당시의 기억을 되살려 보려고, 차근차근 생각을 더듬어 보았습니다. 그런데 어떻게든 찾아보려고 그 당시의 기억을 더듬어 보면서 신기한 현상을 발견했습니다. 어느 순간 생각의 필름이 끊긴다는 사실입니다. 전후 상황은 생생히 기억이 되는데, 유독 돈을 잃어버린 그 순간만큼은 절대로 기억이 나지 않는다는 것입니다.

"아무리 기억해 내려 해도 기억나지 않는 그 순간에 마음은 도대체 어디에 가 있었을까요?"

그 순간이 바로 마음을 잃어버린 순간이었고, 마음이 죽어 버린 순간이었습니다. 옛 스승님들께서 물건을 잃어버린 사람을 보면 물건을 잃어버린 것이 중요한 것이 아니라 마음을 잃어버린 것을 경계하셨다고 하는데, 정말 그 말이 무슨 뜻인지 확연히 알 수 있었습니다.

마음공부든 선이든 무언가를 자주적으로 하고자 한다면 깨어 있는 일에서부터 시작해야 합니다. 깨어 있지 못한 상태는 살아 있지만 내가 산다고 말을 할 수 없는 상태입니다. 습관이 살고, 타성이 살고, 무의식적으로 산다는 말입니다. 그렇게 무의식적으로 타성에 젖어서 살게 되면 무슨 일을 어떻게 할지 모르게 됩니다. 운전을 해도 위험할 것이고, 무슨 일을 하더라도 실수를 하게 되고 제대로 되지 못할 것입니다. 그렇게 되면 고통의 악순환은 계속될 수밖에 없어집니다. 그러면서도 그 원인을 알지 못하고 계속 그렇게 살아갈 수밖에 없게 됩니다. 삶을 주체적이고 자각적으로 살아가려면 바로 이 깨어 있는 일에서부터 시작해야 하는 이유가 여기에 있습니다.

옛날 어떤 선사가 선의 경지를 인가받으려고 스승을 찾아온 제자에게 방을 들어올 때 지팡이를 오른쪽에 세워 두었는지, 왼쪽에 세워 두었는지 물었답니다. 대답을 못하는 제자에게 수행이 부족하다며 다음에 다시 오라는 말을 했다는 이야기를 들은 적이 있습니다.

깨어 있다는 것은 어디에 빼앗기지 않는다는 것이고, 마음을 잃어버리지 않는다는 것이고, 죽지 않고 살아서 온전히 존재한다는 말이 됩니다.

마음이 온전히 깨어 있으면 예고 없이 찾아오는 삶의 다사다난한 문제들을 직시할 수 있고 해결할 수 있을 뿐 아니라, 있는 그대로 존재하는 사소한 것들로부터의 기쁨을 발견할 수 있습니다.

마음이 깨어 있으면 그냥 보이는 것, 들리는 것들로부터 얼마나 많은 기쁨과 감동을 발견하게 되는지 모릅니다. 출근길을 나설 때 보이는 붉게 물든 나뭇잎에서, 오고 가는 아이들의 표정과 모습에서, 빵 조각을 물고 가는 개미 한 마리에게서도 기쁨을 발견할 수 있는 것은 정말 소

중한 일이 아닐까요?

　현대인들은 기쁨을 느끼기 위해 얼마나 많은 노력을 하는지 모릅니다. 사람을 만나고, 노래방을 가고, 오락을 하고, 게임을 하고, 운동을 합니다. 자신을 즐겁게 해 줄 어떤 것, 기쁨을 줄 어떤 거리를 찾아 돈을 투자하고, 시간을 투자하고, 에너지를 투자한다는 것입니다.

　그런데 오롯이 깨어 있기만 하면 아무런 노력 없이도 자신을 둘러싼 사소한 것들에서 기쁨을 느낄 수가 있습니다. 내 방식을 강요하거나, 내 문제에만 사로잡히지 않고 그냥 열린 마음으로 깨어 있기만 하다면, 언제 어디서든 마음 깊은 곳에서 일어나는 기쁨을 느낄 수가 있는 것입니다.

뿐만 아니라 깨어 있으면 예고 없이 찾아오는 문제들에 빠르고 정확하게 대처할 수가 있습니다. 생로병사라고 하는 인간으로서는 피할 수 없는 문제와 고통을 비롯하여 살다 보면 어쩔 수 없이 직면하게 되는 다양한 고통과 문제들에 적절하게 대처할 수 있다는 것입니다. 문제나 어려움이 발생하지 않기를 바랄 수는 없는 일입니다. 하지만, 그 문제나 어려움이 해결되지 않은 상태로 오래 지속되지 않도록 할 수는 있습니다. 깨어 있는 일이 그것을 가능하게 해 준다는 말입니다.

살아갈수록 깨어 있는 일이 그래서 더욱 중요하다는 생각을 하게 됩니다. 가을은 사색하기 좋은 계절이고, 자신을 돌아보기 좋은 계절입니다. 오고 가는 길에 바람에 날리는 낙엽을 보면서, 떨어져 뒹구는 낙엽을 보면서 내 마음은 어디에서 무엇을 하고 있는지 찾아보면 어떨까요? 마음이 무뎌지지나 않았는지? 마음이 어디로 달아나 버리지는 않았는지하고 말입니다.

짧은 답글

치매 1기라며 웃어넘기던 제 건망증이 웃어넘길 일이 아님을 일깨워 주시는군요. 마음을 잃어버린 순간이라니 섬뜩해집니다. 잡다한 망상에서 벗어나고자 생각을 놓아 버리다가 그게 지나쳐 병적인 건망증이 되고 말았습니다. 중도를 지나쳐 반대쪽 극으로 치달았다는 걸 이제야 깨닫습니다. 절 깨워 주신 님에게 감사드립니다. 늘 그렇지만……

－강연주

해결하며
나아가기

어제는 컴퓨터에서 데이터 백업작업을 했습니다. 거의 10여 년에 걸쳐서 만들기만 했던 파일들이 거의 수백 메가에 이르렀습니다. 문서, 사진, 동영상을 포함한 여러 가지 파일들이 지난 시간 동안 관심을 가져 왔던 영역들을 고스란히 반영하고 있었습니다.

한동안은 책 읽고 정리하는 일에, 한동안은 선에 관한 논문과 서적들에, 한동안은 사진 찍는 일, 사색하는 일, 글을 쓰는 일 등등에 시간과 관심을 쏟아 부었던 흔적들이 고스란히 남아 있는 것이었습니다.

놀라운 것은 학위 논문을 쓰려고 준비해 오던 선에 관한 자료들이 생각했던 것보다 다양하게 여기저기 만들어져 있었습니다. 마치 꿰어 놓지 못한 구슬처럼 여기저기 흩어져 있는 것을 보는 일이 마음이 편하지가 않았습니다. 이대로 두기만 하자니 그동안의 노력이 너무 아깝고, 없애 버리자니 언제 어떻게 또 필요를 느낄지도 모른다는 생각이 들고. 그래서 일단은 모두 백업을 받았습니다. 언젠가의 소용을 위해 보존을 하는 것이었습니다.

이렇게 해결하지 않은 숙제를 미뤄 두고 있으려니 논문뿐만이 아니라 해결하지 못하고 끌어안고 있는 일이 많다는 점이 눈에 띄었습니다. 모두가 한 번 마음에 일어나고 시도된 것들이지만, 그것이 완료되지 못하고 정체되어 머물러 있는 것들 말입니다. 이런 것들이 마치 물리적인 공간에 정리되지 못하고 쌓여 있는 짐들처럼 정신의 공간을 차지하면서 머리를 무겁게 만들고 있다는 사실을 인식하게 된 것입니다. 그래서 실

제로는 많은 일을 하지 않으면서도 많은 일을 하고 사는 것처럼, 또는 많은 것을 생각하는 것처럼 피로감을 느끼며 살아가고 있는 것은 아닌가 하고 점검을 해 보게 되었습니다.

그래서 엉킨 실타래를 풀듯 마음에 한 번이라도 품은 적이 있었던 생각이나, 타인에게 다짐이나 약속을 했던 일, 준비만 하고 마무리를 못했던 일들에 대해서 목록을 작성해 보았습니다.

게슈탈트 심리학의 창시자인 프리츠 펄스에 의하면 개체는 어떤 의지나 욕구가 발생하면 완결을 지으려는 본능이 있는데 그것이 방해를 받으면 마라라고 하는 구름과 같은 의식의 층을 형성해서 의식의 명료함을 방해한다고 했습니다. 그것이 많이 쌓이면 짙은 안개 속에 길을 가는 것처럼 바른 판단과 행동을 할 수 없게 된다는 것입니다. 어떻게든 한번 일어난 욕구는 확실하게 해소되지 않는 한 의식 내에 존재하면서 어느 때든지 뚫고 나오려 하기 때문에 우리의 집중력을 방해하고 혼란스럽게 만든다는 것입니다. 그러니까 어떻게든 일어난 욕구는 완전히 해소시켜서 온전한 생각을 방해하지 않도록 노력해야 한다고 합니다. 신체적으로 화장실을 가고 싶은 생각이 나면 화장실에 다녀오면 될 것을 그 욕구를 제대로 완결시켜 주지 않으면 계속해서 신체적 압박을 가해 오는 것과 마찬가지입니다.

만일에 정신적으로 이런 해결되지 못한 욕구나 의지가 쌓여 있게 된다면 그것이 가해 올 정신적 압박을 상상해 보세요. 우리는 크고 작은 이런 문제들로 압박을 받고 있는 상태가 많을 것입니다. 그런데 중요한 것은

그것을 사람이 알아차리기가 어렵다는 것입니다. 정신적인 것은 어렴풋하게나마 뭔가 잘못되어 가고 있다고 생각하지만, 그것을 정확하게 볼 수가 없다는 것입니다. 그래서 원인을 알 수 없는 스트레스와 답답함이 맑고 밝은 정신을 방해한다는 것입니다.

화장실에 가고 싶은 것을 참을 수 없듯이, 우리 삶 속에서도 해결되지 못하고 있는 일들이 없는지 살펴보는 일이 필요합니다. 그렇게 해서 그것들을 하나하나 풀어내서 확실하게 목록을 짜고, 하나하나 확실하게 해결해 나감으로써 선결과제를 해결하지 않아서 오는 정신적인 피로감을 정리해 줘야 할 것 같습니다.

올해가 가기 전에 여러 가지 해결되지 않은 채로 나의 삶을 무겁게 하고 있는 것들을 정리하는 일을 단행해야 할 것 같습니다. 일단 해결되지 않고 있는 것들이 무엇인지 종류별로 목록을 작성하고, 시간적으로 앞에 해야 할 것과 뒤에 해도 될 것, 올해 안에 끝내야 할 것과 내년에 해야 할 것 등을 잘 줄을 세워 봐야 할 것 같습니다.

그러고 보니, 지나가는 말로 밥을 사겠다고 해놓고 아직 해결하지 않은 일, 옷을 해드린다 해놓고 아직 해드리지 못한 일, 찾아가겠다고 해놓고 아직도 찾아뵙지 못한 일, 법회 한번 봐드린다 해놓고 아직 봐드리지 못한 일……. 여러 가지 약속들이 떠오르기 시작합니다.

정신적인 피로가 많이 느껴지거나 뭔가 일이 잘 풀리지 않는다고 느껴질수록 이 선결과제 미해결의 오류를 범하고 있지는 않은지 돌아볼 일입니다. 미처 해내지 못한 일이 우리 정신을 방해하지 않도록 해결하면서 한 해를 보내고 맞이하면 어떨까요?

짧은 답글

출근하자마자 하는 일 중에 하나가 e-메일 확인하는 일입니다. 오늘 보내 주신 메일 '해결하고 나아가기'를 읽고 바쁘게만 살아온 한 해를 뒤돌아보는 계기가 되었습니다. 교무님 메일이 아니었으면 12월 마지막 날에나 이런 생각하면서 올 한 해 또 후회로 보낼 뻔했습니다. 바쁘다는 핑계로 여유 없이 앞만 보며 사는 제 자신 또한 반성의 시간을 갖게 되었습니다. 감사합니다. 요즘 감기 환자 많습니다. 감기 조심하세요.

　　　　　　　　　　　　　　　　　　　　　　　　　　　　　　-김재남

새로운
시간에는

신문을 보다가 감명 깊게 읽었던 ≪감성바이러스를 퍼뜨려라≫의 저자이신 정진홍 교수님의 '12월의 제안'이라는 칼럼을 보고서 느껴지는 바가 많았습니다. 교수님의 글을 보면서 떠오르는 몇 가지 단어들이 있었습니다. '디스트레스(distress), 유스트레스(eustress), 의욕과 욕심'과 같은 단어가 그것들이었습니다. 그래서 12월에 해야 할 일을 한 번 더 세밀하게 정리해 보는 시간을 가졌습니다.

우선 정진홍 교수님의 제안을 요약하면 다음과 같습니다.

첫째, 마음목욕입니다. 자신도 모르게 마음에 낀 때를 씻고 가자는 것입니다. 내가 어찌할 수 없는 일에 대한 쓸데없는 근심과 걱정, 그 도움 안 되는 것들을 깨끗하고 과감하게 버립시다. 한꺼번에 버리려면 힘겨우니까 한 달 동안 시간을 두고 차근차근 정리해 가면서 확실히 버려

나가는 것입니다.

둘째, 더 이상 미루지 맙시다. 연초에 마음먹었다가 해결하지 못한 것들을 더 이상 미루지 말고 지금 하자는 것입니다. 왠지 할 자신이 없다고, 실패하면 어쩌느냐고 되묻지 말고 시도를 해 보는 겁니다.

셋째, 요란 떨지 말고 먼저 변화합시다. 선행을 베풀고 소리 없이 번져 가게 합시다.

넷째, 꿈이 후회를 뒤덮게 합시다. 후회가 꿈을 대신하지 않도록 올해의 남은 한 달 동안 열심히 새 꿈을 꾸는 것입니다. 새해를 맞으면서 꾸려면 이미 늦습니다. 지금이 새 꿈을 꿀 적기입니다.

다섯째, 가장 가까이 있는 사람부터 감동시킵시다. 언제부턴가 감동이 죽어가는 이 시점에서 구태여 먼 데 있는 사람을 감동시키려고 애쓰지 말고 가장 가까이 있는 사람부터 감동시켜 보는 것입니다. 전화 한 통, 감사의 쪽지 하나, 짧은 칭찬과 격려만으로도 충분하지 않을까요?

그렇습니다. 12월은 한 해의 미진함을 정리하고 새해를 위해 준비하는 시간들이 되어야 합니다. 과거의 청산을 위하여 해결할 것을 해결하면서 미래의 준비를 위해 앞을 내다보고 계획을 세우고 꿈을 꾸는 것입니다.

우리를 움직이는 힘이 무엇인지 생각해 본 적이 있나요? 너무 피곤하지만 어떨 때는 전혀 피곤함을 느끼지 못하고 몰입을 할 때가 있습니다. 꼭 해야 할 일을 할 때에나 하고 싶은 일을 할 때가 그런 때입니다. 금방이라도 쓰러질 것 같은 사람이 어떤 열정을 발휘하는 모습을 볼 때처럼 말입니다.

그러니까 새해의 계획을 세우는 일이 꼭 필요합니다. 계획을 세울 때에도 달성하기에 약간 버거운 목표를 가지는 것도 필요합니다. 약간의 긴장감이 우리의 능력을 개발할 수 있을 것이기 때문입니다. 스트레스 전문가인 윌리 린슨에 의하면 긴장에는 두 가지 종류가 있다고 합니다. 디스트레스와 유스트레스가 그것입니다. 디스트레스는 지나친 긴장으로 피로, 짜증, 괴로움, 불편함 등을 유발해서 사람을 지치게 하고 고갈시키는 반면 유스트레스는 약간의 긴장감으로 그것은 대개 열정, 흥분, 기쁨, 만족, 감사심 등을 동반하게 됩니다.

디스트레스는 하기 싫은 일을 할 때 주로 발생하고, 유스트레스는 하고 싶은 일을 할 때 주로 발생한다고 합니다. 긴장감 면에서는 동일하지만, 그 결과에는 엄청난 차이가 있습니다.

그러기에 새해에는 유스트레스를 일으킬 수 있는 계획을 세워 보면 어떨까요? 사람이 일상생활을 해 나가려면 반드시 무엇인가를 하면서 하루하루를 살아가도록 되어 있습니다. 디스트레스가 많다 해도 유스트레스가 동반된다면 그런 삶은 살아가기가 훨씬 수월할 것입니다. 유스트레스를 발생시킬 수 있는 거리를 찾아야 합니다. 그래서 일을 하면서 신이 나고 활력이 붙고 기쁨이 솟아나야 합니다.

피곤하다고 해서 쉬고 싶은 마음이 난다면 과연 그 이유가 어디에 있는지 찾아보는 일이 중요하지 않을까 싶습니다. 피곤하기만 하고 기쁨이나 활력을 주는 요소가 삶 속에 없기 때문일 수 있기 때문입니다. 그러니까 새해에는 유스트레스를 주는 요소를 발견해서 계획 속에 넣어야 합니다.

사람이 공부하면서 살아가려면 무아, 무욕을 이야기하는데 무욕을 생각하다 보니 의욕이 떨어지는데 어떻게 해야 하냐는 질문을 받은 적이 있습니다. 그래서 생각을 해 보니 의욕과 욕심에는 중요한 차이가 하나 있습니다.

한문을 보면 그 차이가 명백해집니다. 의욕할 때의 하고자 할 욕(欲) 자에 마음[心]이 하나 더 붙으면 욕심 욕(慾) 자가 됩니다. 바람직한 욕구라도 거기에 마음이 한 번 더 가면 욕심으로 변한다는 것입니다. 집착하기 시작하면 욕심이 된다는 것입니다.

그러니까 새해 계획을 세우고 유스트레스를 발생시킬 일을 계획도 하고 실행도 하지만, 마음이 너무 많이 가고 집착이 가도 욕심으로 변합니다. 그 적절한 선을 잘 알아서 마음이 무기력, 의욕상실이 되지 않으면서도 과도한 집착이나 욕심이 되지 않도록 조절하면서 할 수 있는 계획을 세우고, 실행을 해 봤으면 합니다.

윌리 린슨(Willy Linssen)은 스트레스 적은 삶을 위하여 다음과 같은 질문을 던지고 그 해결책을 줍니다.

지금 하고 있는 일이 당신에게 활력을 주는가?
(Does your job fuel you?)

당신이 좋아하는 것을 하고 당신이 하고 있는 것을 좋아하라.
(Do the things you like and like the things you do!)

행복은 당신이 원하는 것을 얻고, 얻을 수 있는 것을 원하는 데 있다.
(Happiness is getting what you want and wanting what you get!)

교무님 오~랜만이에요. 축하 인사말부터 드릴게요. 밴쿠버 행 축하축하…… 교무님께
서 생각의 끈이 멈추지 않는 한 저 또한 항상 교무님의 건강을 기도드릴게요.(어쩐지
조건 같죠?) 청개구리선방은 늘 열려 있어 참 행복합니다. 마음의 쉼터에 잠시 머물다
갑니다.

－이숙민

▌김은종

법명 준영으로 부산에서 태어나 1991년에 원불교 교무가 되었다.

원광대학교에서 「선과 인격수련」, 「종교와 원불교」 등을 강의하고, 2006년 8월 「원불교 선의 원리와 방법 – 소태산의 진인적 생활선을 중심으로」로 철학박사 학위를 취득하였다. 원음방송 PD로서 <원음의 소리>를 진행하였고, 현재 한방건강TV 기획본부장으로 근무하고 있다.

2005년에는 캐나다 벤쿠버 UBC에서 교환연구원으로 해외연수를 하였다. 연수 기간 동안 서구 사회에서의 선수행 신조류를 연구하고, 현지인들의 선방과 훈련 등에 참여하며 선 프로그램과 선방운영 등을 연구하였다.

주요논문 및 저서
『틱낫한의 플럼빌리지 선수행 고찰 – 재가자를 위한 마인드풀니스(Mindfulness) 훈련을 중심으로』
『샌프란시스코 선센터의 조동선 연구』
「일상을 여행처럼」

2003년 인터넷에 사이버 선방인 청개구리 선방(http://www.zenfree.org)을 개설하였고, 1층 카페와 2층 선방이 어우러진 청개구리 선방의 현실화를 꿈꾸고 있다.

전자우편 : zenfree01@nate.com

하루를

축제처럼

초판인쇄 | 2009년 6월 20일
초판발행 | 2009년 6월 20일

지은이 | 김은종
펴낸이 | 채종준
펴낸곳 | 한국학술정보㈜
주 소 | 경기도 파주시 교하읍 문발리 파주출판문화정보산업단지 513-5
전 화 | 031) 908-3181(대표)
팩 스 | 031) 908-3189
홈페이지 | http://www.kstudy.com
E-mail | 출판사업부 publish@kstudy.com

등 록 | 제일산-115호(2000. 6. 19)
가 격 | 25,000원

ISBN   978-89-268-0045-4 08810 (Paper Book)
        978-89-268-0046-1 08810 (e-Book)

이담
Books 는 한국학술정보(주)의 지식실용서 브랜드입니다.